혼자도 괜찮지만
오늘은 너와 같이

혼자도 괜찮지만 오늘은 너와 같이

나승현
지음

잠든 **연애세포**를 깨울
우리 사랑의 기록

21세기북스

일 년에 며칠은
연애하며 살고 싶다

바쁘게 일하고 들어와 겉옷만 벗고
털버덕 앉아 아무 생각 없이 예능을 볼 때,
보다가 출출해져서 짜장 라면을 끓여 먹고
느지막이 샤워하러 들어갈 때,
의식의 흐름대로 어떠한 막힘없이 행동하며
자유로움을 느낄 때
나는 문득 점잖게 혼잣말을 한다.
"아, 혼자라서 정말정말 행복해!
이대로 살아도 좋을 것 같아."

그러다 가을바람이 불기 시작하면,

봄에 막 쪄낸 듯 따뜻한 햇살이

모락모락 온기를 내뿜으면

퇴근길에 집이 아닌 옆길로 자꾸 새고 싶어진다.

길을 걷다가 들리는 사랑 노래의

노래 가사를 조용히 흥얼거리다 보면

누군가와 저녁 산책을 나가고 싶어진다.

영화가 끝난 후 극장을 나오며 문득

이 벅찬 감정을 나눌 수 있는 사람이

곁에 있었으면 하고 바란다.

16부작 드라마처럼

금요일과 토요일에 사랑이란 녀석이

성큼 찾아와주면 얼마나 좋을까?

1년 365일 중 300일은 혼자여도 괜찮지만

한 계절만큼은 누군가

옆에 있어줬으면 좋겠다고 생각했다.

그렇다면 이 텁텁한 세상에

조금 더 친절하고 경쾌하게

살아갈 수도 있을 것도 같다.

매일 저녁 여섯시 반에 방송하는 KBS 라디오
〈사랑하기 좋은 날 이금희입니다〉의 코너
'연애일기, 만약에 우리'는
청취자가 보내준 자신의
사랑 이야기를 소개하는 시간이다.
사연은 A4 10장이 훌쩍 넘는 긴 분량부터
세 문장이 전부인 짧은 문자도 있었는데,
그 어떤 것도 허투루 볼 수 없었던 건
모두 직접 경험한 '리얼'한 사연이었고
한 개인의 역사가
오롯이 담겨 있었기 때문이었다.
어느 누군가의 이야기였지만
우리 모두의 사랑이었으며,
바빠서 잠시 잊고 있던 연애세포를
단 5분 만에 깨워주는 이야기들이었다.
이 시간만큼은 제작진도 청취자도
마음속 연애세포가 격렬하게 반응했다.
흥미로웠던 점은 사연에
반응하는 스스로의 모습이었다.

시기에 따라 다르게 읽히는 《마담 보바리》처럼

다양하고 복잡한 사연에

과거 내 사랑 이야기가 떠올랐다.

그때 우리도 그랬던 건 아닐까 하며

지나간 시간을 다시 돌아보고, 그렇다면

'앞으로 어떻게 사랑하며 살 것인가?'

진지하게 고민해보는 가치 있는 시간이었다.

남의 이야기였지만

나라면 어땠을까 하고 대입해봄으로써

결국에는 나의 사랑 이야기가 되는

즐거운 경험이었다.

방송에서 미처 다 소개하지 못한 이야기를

이번 기회를 통해서 전달할 수 있어서 다행이다.

드라마나 소설처럼

특별한 사건이 있는 것은 아니지만

일상에서 문득 문득 느끼는

평범한 우리들의 사랑이

그 어떤 드라마나 소설보다도

진솔한 사랑 이야기라는 것을 다시 한 번 느꼈다.

개인적인 삶에도 겸손함을 가져다준

소중한 시간이었다.

또한 연애일기를 각색하면서

배우고 고민하고 사색했던 글들을

함께 공유해보고 싶은 마음에

나의 이야기 또한 첨부해보았다.

연애가 사법고시도 아닌데

몇 년째 준비 중인 이들이 있다.

모쪼록 그들에게 이 책이 자극제가 되어

다시 한 번 용기를 낼 수 있는

기폭제가 되었으면 좋겠다.

우리는 함부로 사랑에 빠지지는 않지만

언제든 사랑에 빠질 준비는 되어 있으니까!

마지막으로 연애일기는

이 분이 읽어주셨기에 가장 빛이 나지 않았나 싶다.

언제나 진심을 담아서 정성껏 읽어주시는

사랑스런 '귀요미' 이금희 DJ와

애정을 갖고 오랜 시간 함께해준 배우 신재하,

간헐적으로 출연해준 정희태, 양익준, 오민석 님 등

연애일기 낭독에 참여해준

많은 배우 분들께 감사드린다.

이 코너를 함께 만들고 섭외해준

황초아, 박수정 PD, 손지애, 최지은 작가,

책을 기획하고 출간을 제안해준

21세기북스 이지연 편집자와 김수연 팀장,

그리고 흔쾌히 수록을 허락해준 사연의 주인공들과

방송시간에 맞춰서 반갑게 기다려주시며

내 일처럼 반응해준 우리 애청자

'금사빠' 분들께 고개 숙여 감사한 마음을 전한다.

가을에는 모두 사랑하며 미남 미녀가 됩시다.

2019년 가을에

나승현

차례

PART 1
사랑이 시작되는 순간에 대하여

사랑이 시작되는
순간에 대하여

용기로부터
사랑은 착각을 붙잡는

몇 년 만에 들어온 소개팅 때문에 여자는
며칠 동안 심장이 콩닥콩닥 설렜다.
드디어 D-DAY!
영화 보는 게 취미였던 두 사람은
일단 첫 만남을 영화관에서 갖기로 했다.
한껏 멋을 부리고도 시간이 남아
여유 있게 약속 장소에 도착한 여자에게
문자가 왔다.

- 죄송한데 좀 늦을 것 같습니다.

제가 예매해둔 예약 번호 전송해드릴 테니까

발권해서 먼저 들어가 계시겠어요?

여자는 할 일 없이 기다리는 것보다

그 편이 더 낫겠다 싶어서 전송해준 예약 번호로

발권해서 지정된 좌석에 앉아있었다.

그런데 몇 초 뒤, 아니 곧바로,

소개팅 상대 남자가 도착했다.

"미안해요. 급히 온다고 왔는데 늦을 뻔했네요.

죄송합니다. 기다리게 해서."

큰 기대를 안 하고 나왔는데,

남자는 여자가 생각했던 것보다

훨씬 더 근사했다.

사춘기 시절, 늘 마음속에 품고 있었던

이상형의 이미지에 매우 가까웠기에

여자의 심장은 마구마구 요동치기 시작했다.

"아니에요. 저도 금방 왔는걸요 뭐."

"그런데 제 기대보다 훨씬 미인이시네요!

솔직히 저, 깜짝 놀랐습니다!"

"별말씀을요."

속으로 황홀경에 빠져서

나름 땡잡았다고 외치고 있는데,

갑자기 문자 하나가 도착했다.

– 거의 다 왔습니다! 아직 영화 시작 전이죠?

주차하고 있으니까 금방 갈게요!

엥?! 대체 이게 무슨 소리지?

소개팅 남이 따로 있어?

그럼, 지금 내 옆에 있는 이상적이고 근사한

이 남자는 대체 누구?

곧이어 남자에게도 연락이 온 것 같았다.

문자를 확인해보더니

여자보다 얼굴이 더 흙빛으로 변해갔다.

영화 표에 적힌 좌석을 확인하더니

조심스럽게 뒷자리를 살펴보았다.

본인이 만나야 할 여자의 좌석은

한 라인 뒤에 있었다.

"정말 죄송합니다. 제가 다른 분과 착각했네요."

아마도 상황은 이렇게 된 것이리라.

소개팅으로 영화관에서 첫 만남을 갖기로 한

두 쌍의 커플.

그게 하필 같은 영화관,

같은 영화, 같은 시간대.

게다가 한 라인을 착각해서 잘못 앉았는데,

하필 그게 다른 커플의 예약석.

게다가 하필이면 각각의 이성이

먼저 도착하다 보니 아주 자연스럽게

서로 오해하게 된 것이다.

상황 파악을 한 여자와 남자는

각자 본래의 자리로 돌아가

아무 일도 없었다는 듯 헤어져

약속했던 상대들을 만났다.

하지만 결국 여자의 소개팅은 잘되지 않았다.

이미 여자의 마음이 딴 데 가있었던 탓이다.

여자는 일주일 동안 가슴앓이를 했다.

작은 오해로 잠깐이나마 만났던

그 남자를 잊기가 쉽지 않았기 때문이다.

가져본 적도 없으면서

괜히 뺏긴 기분에 미련이 남았다.

만약에, 만약에 그날

여자가 조금 더 용기를 내서

남자를 붙잡았다면 뭔가 달라졌을까?

차에 열과 성이 붙는다

밥에 정이 붙고

~~~~~~~~~~~~~~~~~~~~~~~~~~~~~~~~~~~~~~

해외 출장을 갔던 남자는 우연히
한 여자를 만났다.
같은 한국인이고 나이가 비슷했다.
밥을 한 번 같이 먹었고,
별다른 이슈 없이 헤어졌다.
며칠 뒤, 여성으로부터
문자가 왔다.

- 어디세요?

두 사람 모두 서울에 있었고
며칠 뒤에 만나 다시 한 번 밥을 먹었다.
정말 밥만 먹었다고 말하는 남자한테
주변 사람들은 야유를 퍼부었다.

두 사람은 SNS 친구였지만,
남자가 계정을 삭제하면서
둘의 관계도 멈췄다.
당시에는 대수롭지 않게 생각했는데,
남자는 가끔 출장을 갈 때마다
여자를 떠올렸다.
소개팅으로 몇몇의
이성들과 만날 때도
여자와 비교하고는 했다.
하지만 그것도 잠시,
일이 바빠지면서 그 감정도
자연스럽게 사라졌다.

가을이 막 시작될 무렵,

남자는 몇 번이나 늦췄던 여름휴가를 떠났다.

그리고 우연히 비행기 안에서

여자를 다시 만났다.

통로를 사이에 두고 두 사람은 나란히 앉아서

열 시간이 넘도록 대화를 이어갔다.

마치 스카이라운지에 온 듯 와인을 즐기면서.

서울에서 밥 한 번, 해외에서 두 번,

세 번의 식사를 한 뒤 남자는 생각에 빠졌다.

여자와의 관계를 어떻게 해야할까?

보통의 소개팅에서는

커피 세 번 마시기도 전에 만날 건지 말 건지

결정이 나는 마당에 밥 먹고 술 마시고,

게다가 비행기 타고 먼 나라까지 함께 갔으면서

관계에 아무 진전이 없었다면 둘 중 하나다.

매너 좋은 바람둥이,

아니면 어찌할 바 모르는 모태 솔로.

남자는 후자였다.

선배들의 조언, 아니 닦달에 힘입어

남자는 여자에게 커피 타임을 제안했고,

두 사람은 현재 진행 중이다.

남자의 선배들은 모처럼 찾아온

후배의 연애사에 관심이 많다.

그래서 커피는 마셨어? 맛있는 집 알려줄까?

밥에 정이 붙는다면 차에는 열과 성이 붙는다.

마셔도 그만 안 마셔도 그만인 일에

굳이 시간을 내는 이유는

호기심이 가기 때문이다.

어느 날 갑자기 그 또는 그녀가

"커피 한잔 하실래요?"라고 물어온다면

100퍼센트 관심이 있다는 뜻이다.

사람을 찾는다는 것
일상을 함께할

~~~~~~

"츠암, 뉴스 좋아해."
남자와 여자 사이에서
자주 오고가는 인사말이다.
정확히 말하자면 여자가 남자한테 하는 말.
남자는 늘 온라인 뉴스를 읽고,
인상적인 뉴스라고 생각되면
한밤중에라도 여자에게 기사를 공유한다.

- 뉴스가 그렇게 재미있어?

- 응.

- 왜? 매일 무섭고 나쁜 소식만 있잖아.

- 그중에 좋고 따뜻한 소식도 있어.

나쁜 것을 많이 볼수록

선한 것을 보는 눈도 생긴대.

잘난 척 같지만 여자는 그런 남자가 멋지다.

여자가 처음 남자와 사귈 것 같다는 느낌이 왔을 때,

그러니까 아는 사이에서 알고 싶은 사이로

발전을 할까 말까 하던 무렵에

남자가 여자에게 물었다.

"혹시 그 신문 읽으세요?"

왜요? 하고 여자가 반문하자 남자는 단호하게 말했다.

"그 신문 구독 중이시면

우리 관계를 다시 생각해보려구요."

"네에?"

여자는 종이로 된 신문의 느낌을 좋아한다.

더러 지하철 가판대에서 사기도 하고

회사에서 지난 신문을 집으로 가져오기도 했다.

가방 안에 신문이 들어있으면

기자가 된 것처럼 좀 으쓱해지는 기분이 든다.

여자는 즉답을 하는 대신 물었다.

"신문이 우리 연애에서 왜 중요한데요?"

"연애는 생활이니까요."

연애는 생활이다?

여자의 귀에 흥미롭게 들렸다.

남자가 연애를 대하는 태도가 진중하구나 싶었다.

적어도 자신과 일시적이고 감각적이며

촉발적인 만남이 아니라, 조금 더 긴 시간을

함께 보내고 싶어 하는 것 같다는 생각이 들었다.

"습관이거든요.

우리 생활을 이루는 건.

그래서 전 운동도 생활 습관이 되도록 만들어요.

지하철 계단을 이용한다든가

출퇴근을 자전거로 한다든가.

연애도 그렇더라고요.

하루 24시간 중에 우리가 통화하는 시간을

다 합치면 4시간이 넘어요.

매사 생각이 나죠.

생활이라는 단어가 평범하게 느껴지지만,

실은 가장 특별한 시간이죠.

우리 할머니 말씀대로 장 담그듯이

꾹꾹 눌러서 생활을 해야 하죠.

삶은 한계가 있고 그래서 유일한 사람과

하루하루 소중하게 보내야 하는 의무가 있어요."

남자의 말은 그럴듯하고 근사하게 들렸다.

남자에게 아버지는 세상의 기준이자 거울이었지만

대학에 들어가면서 산산조각이 났다.

정치적인 문제로 아버지와 언쟁을 자주 벌였다.

상처를 많이 받았지만,

덕분에 공부를 하는 계기가 됐다.

정치가 신문 1면을 장식하는 이유는

우리 생활에 지대한 영향을 미치기 때문이다.

어린이집 식단부터 대학 입시까지,

입사부터 퇴직까지, 결혼부터 이혼까지
퇴근 후 광장으로 나갈 것인지
치킨집으로 갈 것인지 등등
지극히 생활과 맞닿아있는 일이었다.
우리가 설사 서로 반대편에 서 있었더라도
남자는 아버지에게 설명하듯이
여자를 설득했을 것이다.
무수한 창문 중에 어떤 것을 골라서
바깥 풍경을 바라볼지.
이왕이면 비슷한 창가에 서 주기를
남자는 부탁하고 있었다.

남자는 어떤 동네에 사느냐보다
어떤 신문을 읽는지 먼저 물었다.
물리적 거리감보다 사회적 인식의 거리감이
더 중요한 문제였던 것이다.
여자는 뒤늦게 남자의 질문에 대답했다.
"아니요. 그 신문을 읽지 않습니다."
남자는 "휴" 하고 안도했다.

남자는 자신과 생각을 공유할 수 있는

사람을 만났다는 반가움이 컸던 것 같다.

여자가 수원에서 인천으로 가는

2시간 내내 전화 통화가 이어졌다.

여자는 남자가 얼마나 정치에 관심이 있고

깊은 생각을 하며 사는지

간결하고 쉬운 설명을 통해 느낄 수 있었다.

"근데, 혹시 신문방송학과 나오셨어요?"

"아이 참, 정치는 우리 생활이라니까요.

프랑스에서는 초등학교 때부터 노동법을 배운대요."

정치는 우리의 생활이다.

스물여섯 살에 들은 남자의 작업 멘트는

여자에게 신선 그 자체였다.

멋진 말을 하는 사람은 분명히 멋진 사람일 거야.

여자는 남자의 옆에서 더 긴 이야기를 듣고 싶어졌다.

실제로 커플이 같은 정당을 지지하는 경우,

둘의 사이가 더욱 돈독하고

연애 기간이 오래 간다는 연구 결과가 있다.

보통 어떤 쪽이든 정당을 지지할 때

하나의 선택으로 보기보다는

어떤 '편'에 서서 말하기 쉽기 때문이다.

"어떤 음식을 좋아하세요?" 다음 질문에는

"어떤 신문을 읽으세요?"라고 물어본다면 어떨까?

이상하게 생각하는 사람들이 많겠지만,

그 가운데 분명 내 사람을 빠르게

알아볼 수 있을 것이다.

같은 '편'이 된 뒤에는 둘이 함께 '옳은 방향'이

무엇인지 연구하며 부지런히 공부도 하고.

남자는 종이 신문을 산다.

반의반으로 접어서 소설책처럼 들고 뉴스를 읽는다.

여자도 틈틈이 남자의 어깨에 기대어

검색어에 오르지 않는 뉴스들을 구경한다.

다 읽은 신문은 반듯하게 접어서

벤치 위에 올려둔다.

누군가에게는 다 읽은 신문이

돈이 될 수도 있고 찬바람을 막아주는

담요가 될 수도 있기 때문이다.

그래, 비에 젖은 신문이 짐이 아닌

돈이 되는 사람들도 있을 테니까.

지하철에서 차비 좀 보태달라고 말하는

할머니에게 주머니를 탈탈 털어서

현금 몇천 원을 주고 왔다는 남자를 보았다.

할머니의 부탁이 거짓말이든 사실이든

중요하지 않았다.

주저앉고 싶은 순간에 잠깐이나마 걸터앉아서

숨 한 번 돌릴 수 있는 모서리쯤 돼줄 수 있다면

그걸로 만족한다는 단순하고 여리고 소박한

남자의 진심이 느껴졌다.

이런 점은 닮아도 좋겠다 싶었다.

포털사이트에서 알고리즘에 의해서

관심 콘텐츠가 제공되듯이

여자는 남자의 주변에 머물면서

든든한 구독자가 돼야겠다고 생각했다.

하루를 살피면서 '좋아요'를 눌러주고

'선플'을 달아주고 엄지도 들어 올려주고.

분위기 파악 못하고 남자친구 자랑하는 여자에게
친구들이 눈살을 찌푸렸다.
그래, 미안하다. 근데 세상에
이렇게 섹시한 남자를 만나기가 쉽지 않더라.

한 사람을 좋아하는 일은
종교와는 다른 맹목성이 있다.
그 안에 얕은 철학 하나라도 담겨있다면
얼마나 멋져 보일까?

누구나 만날 수 있는
아무나 만나지 않지만

~~~~~~

어느 날 소개팅을 하러 나온 여자는
1시간도 채 되지 않아
친구에게 전화를 걸었다.
미용실에서 염색을 하던 친구는
누가 들을 새라 휴대폰의 볼륨을
다다다다 급격하게 줄였다.

– 나 미치겠어.

– 왜?? 벌써 소개팅 끝났어?

– 동창회 하다가 잠깐

저녁만 먹으러 나온 거래.

40분 앉아있다 갔어!

소개팅의 러닝 타임은 그날의 성패를 좌우하는

중요한 기준이 된다.

그래서 우리는 친구가 소개팅에 나갔다고 하면

제일 먼저 이렇게 묻는다.

"얼마나 같이 있었어?"

여자는 겨우 40분 만에 소개팅을 마치고

한겨울 찬바람이 부는 대로변에서

전화를 걸고 있었다.

여자는 오늘 저녁 약속을 위해서

화장 2시간, 미용실 가서 기다리고

드라이하는 데 60여 분을 소요했다.

그런데 상대방과 함께한 시간은 고작 40분.

가성비가 떨어지는 만남이었다.

사실 어떤 자리에서건 주목받는

사람이 되길 바란 적은 없다.

하지만 중요한 사람이 되고자 하는 건 본능이다.

상대와 더 이상의 발전이 없다 싶으면

자리에서 일찍 일어나는 게

서로를 위한 일일 거라고,

분명 그게 합리적이라고 생각했다.

그런데 열심히 준비해서 나갔다가

1시간도 안 돼 자리가 파하니 생각이 달라졌다.

상대를 배려해서 두어 시간은

함께 있어주는 것이 매너가 아닐까,

면접도 아니고 어떻게 1시간 안에

30여 년 동안 차곡차곡 쌓인 인생을

다 보여줄 수 있단 말인가?

- 사실 오늘 소개팅 자리도

정말 급하게 잡은 거거든.

주선자랑 별로 친하지도 않은데,

그냥 분위기에 휩싸여서 부탁했던 거고.

사는 게 원래 그런 거라고 하지만
쓸데없는 데 너무 시간을 낭비하고 다니는 거 같아.
아, 오늘 너무 속상하다.
이제부터는 소개팅 같은 건 안 해야겠어.

소개팅의 조건에 대해 생각해본다.
현재 '혼자'라는 조건만 맞으면
대충 나이와 직업 정도만 알려주고
주선하는 경우를 자주 보았다.
결과는 대부분 성공적이지 않았다.
소개팅을 한 번의 데이트 정도로
가볍게 볼 수도 있다.
주말 저녁에 뭐해, 그냥 한번 만나봐
하는 전제를 깔아놓기도 하지만
다시 한 번 이 만남의 목적을 상기해보자.
소개팅은 인사치레로 하는
추석 선물이 아니다.
상황에 의해서 내가 만날 수는 없고
남 주기에는 아까운 사람을 소개해줘야 한다.

책임감도 느껴야 할 것 같다.

그 누구의 돈도 시간도 아깝지 않은 것이 없기에.

여자는 소개팅 중단을 선언했지만,

그렇다고 영영 다른 사람의 소개를

안 받지는 않을 것이다.

혼자 살겠다는 선포도 아니다.

단지, 억지로 인연을 만들지 않겠다는 이야기다.

아무나 만나고 싶지 않지만

누구나 만날 수 있다는 조건을

여전히 열어둔 채.

1년 365일 중 300일은 혼자 있어도

사계절 중 한 계절은 소중한 사람과

함께 보내고 싶다.

지나치지 않도록 인연을 그냥

여자는 종합 병원 안에 있는
약국에서 막내로 일했다.
첫 사회생활이었기에 정신이 없었다.
가끔 종합 병원의 과장이 약국에 와서
이런저런 이야기를 하다가 가고는 했는데,
그날은 그 과장을 찾아서
레지던트 한 명이 내려왔다.
환자의 엑스레이 사진을 가져와서
과장에게 이것저것 물어보고,
약국의 모든 사람들에게 친근하게 인사를 했다.

그때 갑자기, 과장이 레지던트인 남자와

여자에게 농담을 했다.

"어? 김 약사랑 닥터 최가 남매 같네?

둘이 오빠 동생 하며 지내지 그래?"

"저 친오빠도 있고 만나는 사람도 있어요."

당황한 여자는 얼굴을 붉혔다.

그리고 몇 시간 뒤, 병원 매점에서 일하는

아르바이트생이 음료수를 갖고 왔다.

"닥터 최가 남매 턱이라면서 돌리라던데요."

약국에서는 웃음이 터져 나왔지만

여자는 그저 불편하기만 했다.

잠시 뒤, 남자가 약국으로 왔다.

작은 창구 안으로 얼굴을 쑥 내밀더니 말했다.

"음료수 마셨으니까,

이제 저랑 오빠 동생 하는 거예요."

약국 선배들은 한번 잘해보라며

다들 무슨 재미있는 구경거리라도 생긴 듯

여자를 놀려댔다.

여자에게는 일곱 살 차이가 나는

남자 친구가 있었다.

친오빠의 가장 친한 친구로,

아주 긴 세월을 알고 지내다 보니

여자는 자연스럽게 그를 본인의 반쪽이

될 사람이라고 생각했다.

그런데 레지던트였던 남자가

음료수 사건 뒤로 약국에 자주 들렀고,

데이트 신청까지 한 것이다.

여자는 도대체 이 사람이 나에게 왜 이럴까

이해가 되지 않아서 그냥 모른 척을 했다.

어느 날, 여자가 퇴근하는데

남자가 기다리고 있었다.

남자는 벚꽃이 흐드러지게 핀 공원으로

여자를 데리고 갔다.

공원 벤치에 앉은 남자가 물었다.

"도대체 제가 왜 싫은 거예요?"

"그러는 그쪽은 왜 제가 좋은 건데요?"

"그 이유를 저도 좀 알았으면 좋겠네요."

솔직하고 적극적으로 다가오는 남자에게
여자는 차츰 마음이 옮겨갔다.
그리고 그 무렵, 남자 친구와는
자연스럽게 헤어지게 됐고
여자를 위로하던 남자와
새로운 관계가 시작됐다.

여자는 남자와 사귄 지 1년도
채 되지 않아 결혼을 했다.
그리고 43년, 남자가 하늘나라로
먼저 떠나기 전까지
평생을 삶의 동반자로 함께 지냈다.

인연은 정말 따로 있는 것일까?
그 인연을 알아보지 못하고
스쳐 지나가지 않도록,
한눈에 알아보는 눈을 가졌으면 좋겠다.

연애라니
이 나이에 또다시

~~~~~~~~~~~~~~~~~~~~~~~~~~~~~~~~~~~~~~~

여자는 1950년생.
어느새 할머니가 됐다.
국민학교만 졸업해서 글솜씨도 없고
말재주도 없고
다른 사람 앞에 나서는 일도 없었다.
그래도 옆에서 눈이 돼주고 손이 돼준
남편이 있어서 지금껏 잘 살아왔는데,
5년 전 하늘나라로 먼저 떠났다.

남편만 보고 살아서인지

바깥세상도 잘 모르고

안 해본 것투성이다.

혼자 있을 때 심심하게 살지 말라고

남편이 큰 그림을 그려 놓은 것일까?

아들 둘, 딸 하나마저 다 결혼시키고 나니

이제는 하고 싶은 것도,

보고 싶은 것도 참 많아졌다.

동네 근처 복지관에서는

한글 교실, 서예 교실, 판소리 교실,

오카리나 연주, 스마트폰 사용법,

동영상 촬영 등등 배울 것이 많았다.

그곳에서 꽤 점잖아 보이는 남자를 보았는데,

얼마 전 당구 교실에 갔다가

그 남자를 다시 만나게 됐다.

남자도 꽤나 반가워하는 눈치였다.

관심이 갔지만 먼저 아는 체 하기도 그렇고 해서

여자는 수업에만 열중하려고 노력했다.

하지만 눈은 계속 남자에게 갔다.

그날 이후,
외모에 별 관심 없이 살았던 여자는
거울 보는 횟수가 많아졌다.
복지관에 갈 때 마다 외모에 신경이 쓰였다.
한번은 복지관에서 단체 벚꽃 놀이를 가는데
누군가 중후한 목소리로
옆자리에 앉아도 되냐고 물어봤다.
"네" 하고 대답했는데,
앉은 사람의 얼굴을 보니까
바로 그 남자였다.
얼굴을 본 순간 가슴이 왜 그렇게 뛰는지,
여자의 얼굴도 빨개지는 것 같았다.
5분 정도 지났을까, 남자가 먼저 말을 꺼냈다.
예전에 노래 교실에서 보았는데
참 괜찮은 분인 것 같다는 생각을 했다고.
그리고 자신의 사별한 부인과
많이 닮아서 깜짝 놀랐다고.

혼자 된 지 5년,

나이는 여자보다 두 살 아래.

두 사람은 수업이 끝나면 차도 마시고,

더러 밥도 먹었다.

봄비 내리던 저녁,

따뜻한 차를 앞에 두고 앉아있었다.

남자는 조심스럽게 속마음을 털어놓았다.

"자식들이 항상 좋은 사람 있으면

함께 살아도 좋다고 말했는데,

지금까지 그런 생각을 해본 적이 없어요.

자식들에게 민망해서 말할 자신도 안 생기고요."

여자는 남자의 눈에서

살아생전 다정했던 남편을 겹쳐서 보았다.

혼자 밥을 먹고,

혼자 텔레비전을 보고,

혼자 일어나던 적적한 날들을 채워줄

누군가가 있으면 좋겠다고 생각한 적은 있다.

어떻게 해야 할까?

애들한테 물어봐야 할까?

"저기, 내가 요즘

친구처럼 지내는 사람이 있는데……."

과연 애들이 알아들을까?

칠순이 넘어도 여자는 여자일까?

좋아하는 마음도 생기고

예쁘게 꾸며보고 싶기도 하다.

모처럼 극장에 가기로 한 날,

여자는 화장을 하려고 거울 앞에 앉았다.

그런데 문득 하늘나라로 간 남편이 떠올랐다.

당신한테 물어보면 모든 게 다 해결이 됐는데…….

여보, 나 어떡해요? 이런 나, 이해할 수 있어요?

그런데 참 이상하게도

남편을 생각하니 용기가 났다.

먼저 떠나간 이들이 우리에게 바라는 것은

눈물이 아니라 웃음일지도 모르겠다.

연습이 있었다면

사랑에도

~~~~~~

여자는 난생 처음으로 혼자서
코인 노래방을 찾았다.
코인 노래방의 존재를 일찌감치 알고 있었지만,
기억 속에서는 오락실 한구석에서
악을 쓰던 친구가 생각나
이미지가 그다지 좋게 다가오지는 않았다.
몇 번을 망설이다가 퇴근길에 한번 들러봤다.

10대 때는 뚜렷한 노래방 노래 목록이 있었다.

최신곡 위주로 댄스곡이 많았다.

꼭 불러야 할 곡들은 어떻게든

1절이라도 부르고 나왔다.

마지막 1분에 가장 긴 곡을 선곡하지 않았던가.

시간이 곧 돈이라는 걸 노래방에서 배웠다.

20대에는 노래방에 가는 목적이 있었다.

이성한테 잘 보이기 위해서

노래 실력을 키워야 했다.

여기에는 꾸준한 연습이 필요했다.

그것도 몰래.

30대에는 노래방에 대한 기준이 세워졌다.

얼마만큼 부르냐가 아니라 어떤 곡을 부를 것인가,

어떤 노래가 내 음성이나

분위기와 잘 어울리는지 파악했다.

전문가에 따르면 아마추어의 경우

여자는 여자 가수의 노래를,

남자는 남자 가수의 노래를 선택하는 것이

안정적이고 잘 부를 확률이 높아진다고 했다.

음색이나 음역대가 아무래도 비슷하기 때문에.

나이가 들수록 그런 생각이 든다.

자연스러운 게 아름다운 거라고.

물론 자연스럽게 되기까지

무수한 돈과 시간이 필요하지만.

노래방 전성기에 학창 시절을 보낸 우리들은

이성 친구와 노래방 가는 게 하나의 코스였다.

밤이 깊어지면 돈 없고 갈 데 없던 커플은

노래방에 들어갔다.

정수리에서는 연탄 숯불갈비 냄새가 풍겨와도

서로 어깨를 맞댄 채 듀엣곡을 불렀다.

고음으로 진동하는 그의 어깨와 가슴에

얼굴을 묻고 잠이 들었다.

그때는 왜 그렇게 노래 잘 부르는

남자가 멋있어 보였는지.

당연히 노래방 가는 목적 1순위는

우리 멋진 오빠의 노래를

들으러 가는 것이었다.

그런 여자가 혼자서 노래방에

들어서기까지는 꽤나 큰 용기가 필요했다.

코인 노래방 안에는 '방'이라기보다는 '칸'에 가까운

작은 공간들이 겹겹이 붙어있었다.

방음만큼은 잘 돼있었다.

작은 공간에 우두커니 앉아

마이크를 잡은 사람들이 꽤 많았다.

안내 데스크에서 만 원을

천 원짜리 열 장으로 바꾸고 노래 칸에 들어갔다.

천 원 한 장에 네 곡. 노래 하나에 250원.

과연 재미가 있을까? 혼자서?

들어줄 사람도 없는데?

여자는 평소 듣던 곡들의 번호를 찍고

노래를 부르기 시작했다.

한창 고음 부분에서

한쪽 면에 붙어있는 커다란 거울이

눈에 들어왔다.

노래를 부를 때 나는 저런 표정을 짓는구나,

내가 나를 지켜보는 곳.

무릇 자아성찰을 하는 수도방과 다름없었다.

여자가 혼자서 코인 노래방을 찾은 이유는
20대에 가졌던 노래방의 목적이
다시 생겼기 때문이다.
그렇다. 새로운 사랑이 다가오고 있었다.
단계로 따지자면 미묘한 감정이 오가는
썸 상태였는데,
12시간을 자도 축축 늘어지는 30대에
밥을 먹지 않고 숨만 쉬어도
에너지가 펄펄 끓어올랐다.
언젠가 그 사람과 함께 노래방에 가게 되면
숨은 매력을 발산할 목적이었다.
그러기 위해서는 곡목을 잘 선정하고
꾸준한 연습이 필요했다.
노래는 내가 하고 싶은 말을 대신 전해주니까.
그렇게 한동안 노래방은 퇴근길 필수 코스였다.
그 사람과 노래방에서
합석할 그날을 고대하면서.

결론적으로 말하자면

그 썸은 시작도 해보지 못하고 흐지부지됐다.

갈고닦은 실력을 한 번도 발휘해보지 못하고

허무하게 끝나버렸다.

목적은 상실했지만

여자는 다시 혼자서 코인 노래방을 찾았다.

마치 이별에 큰 상처를 받은 사람처럼

스스로 애도하는 시간을 줘야 했다.

슬픈 발라드가 필요했다.

김범수의 〈끝사랑〉.

여자는 여자 가수의 노래를 부르는 게

좋다고 했지만, 들어줄 사람 하나 없는데

어떻게 부르든 무슨 상관일까?

지금 현재 내 감정이 중요한 거지.

화면에는 친절하게 가사가 자막으로 나오고

그것을 놓치지 않기 위해 차근차근 따라갔다.

노래방의 자막이 궁서체가 아니어서

얼마나 다행인가.

딱딱하고 견고해 보이는 글자체가

나를 굳건히 지켜주는 것만 같았다.

PART 1

10대에 가졌던 노래방 목록,

20대에 가졌던 노래방 목적,

30대에 세운 노래방 기준.

노래방이라는 단어 대신,

연애라는 글자를 대입해보니 좀 그럴싸하다.

이상형의 목록을 세웠던 10대,

목적 의식이 뚜렷했던 20대,

남이 아닌 나를 돌아보는 30대의 연애 방식.

40대 50대에는 또 어떤 모습으로

사랑을 찾아갈까?

연애는 쉽게 늘지 않는 노래 실력처럼

어려운 일이지만,

언제나 도전 의식을 갖게 한다는 점에서

참으로 매력적이다.

기회를 놓치더라도 한 번쯤

~~~~~~~~~~~~~~~~~~~~~~~~~~~~~

10월의 가을,

여자의 친한 친구 결혼식이 있었다.

동창끼리 결혼하는 자리라

반가운 얼굴들이 많았다.

신랑 친구의 사회로 결혼식은 시작됐다.

사회자는 건너 건너 알던 동갑내기 남자였다.

진행을 무척이나 잘했다.

짓궂은 장난도 치며

긴장감이라고는 하나도 보이지 않았다.

"여러분, 결혼식장에서 제일 중요한 거

두 가지가 있습니다.

하나는 식권, 두 번째는 주차권이죠.

아껴야 잘 삽니다.

잘 챙겨서 돌아가시길 바라겠습니다."

남 앞에 나서는 걸 좋아하지 않는 여자는

그런 남자가 정말 멋있어 보였다.

결혼식이 끝나고 피로연 자리에서

여자는 친구들과 맥주 한잔을 하며

대화를 나누고 있는데,

아까 그 사회자가 여자 옆에 앉았다.

"안녕? 나 여기 앉아도 되지? 반가워!"

"응? 으응……, 반가워!"

어색하게 앉아서 술을 한 잔 두 잔

주거니 받거니 하며 친해졌고

여자와 남자의 썸은 시작됐다.

그 뒤 여자와 남자는 매일 메시지를 주고받았다.

여자는 남자의 답장 한 글자 한 글자에 설렜다.

그 설렘과 진심을 담아
이모티콘 하나를 보낼 때도
모든 심혈을 기울였다.
하지만 왕복 160킬로미터의 장거리 썸은
오래 가지 않았다.
서로 "언제 만날까?"만 반복하다가
흐지부지 끝나버렸다.
마음이 너무 커져버렸다는 걸 알았을 때는
이미 늦어있었다.
다시 잘 해보고 싶은 마음에
'연락을 해볼까?' 생각도 했다.
하지만 용기가 너무 부족한 나머지
혼자 마음을 구깃구깃 눌러버렸다.

그리고 2년 뒤, 결혼했던 친구 커플이
아이의 돌잔치에 초대했다.
'혹시 그가 올까?'
여자는 설레는 마음으로 참석을 했다.
하지만 남자는 어디에도 보이지 않았고

여자는 실망감에 좌절했다.

그런데 그때, 남자가 멀리서

친구들과 인사를 나누며

여자 앞으로 오고 있었다.

여자는 콩닥거리는 마음을

티 내지 않으려고

못 본 척, 안 본 척, 세상 도도한 척은

그날 다 한 것 같다.

"잘 지냈어? 더 예뻐졌다?"

"정말? 고마워. 너도 잘 지냈지?"

"아니. 별로."

"왜?"

"너 보고 싶어서."

여자와 남자는 서로를 그리워하고 있었다.

결국 두 사람은 정식으로 연인이 됐다.

여전히 장거리를 오갔지만

마음이 확실한 만큼 문제가 되지 않았다.

돌고 돌아 만난 만큼 여자는 남자와 있는 시간이

그 어떤 것에도 비할 수 없을 만큼 행복했으니까.

너무 행복해서 죽어도 여한이 없겠다 싶었을 때

여자에게 일이 생기고 말았다.

여자의 엄마가 지병으로 수술을 했는데

결과가 좋지 않았던 것이다.

하루하루 힘들고 어두컴컴한 나날들이었지만,

여자의 곁에서 빛을 밝혀주는

반딧불 같은 남자가 있어서

캄캄한 어둠도 버틸 수 있었다.

어느 날, 할 말이 있다며

남자가 여자의 손을 꼭 잡았다.

"우리 내년 봄에,

꽃 예쁘게 필 때 결혼하자.

어머니한테 좋은 모습 보여드려야지."

엄마 상태가 많이 안 좋아져서 희망의 꽃잎이

하나 둘 떨어져가는 절망적인 나날 중

희망을 이야기하는 남자의 말은

여자의 가슴을 벅차게 했다.

여자는 말을 잇지 못하고 눈물만 흘렸다.

여자는 엄마의 귀에 대고 속삭였다.

"엄마, 들었어요? 우리 기다려줄 수 있죠?

버틸 수 있죠?"

하지만 이튿날, 거짓말처럼

여자의 엄마는 하늘의 별이 됐다.

남자는 여자와 함께 임종까지 지켜줬다.

"너무 슬퍼하면 엄마가 못 떠나신대.

우리 딸 잘 사나, 멀리서 우리 지켜보실 거야.

그러니까 실망시켜드리지 말자."

여자는 생각했다.

어쩌면 엄마가 자신에게에게 주고 간

마지막 선물은 남자가 아닐까.

먼 길을 돌아 결국 다시

인연을 찾은 것처럼,

누구에게나 두 번째 기회는 있다.

~~~~~~~~~~~~~~~~~~~~~~~~~~~~~~~

이상하게
스무 살 언저리에 듣던 옛 노래가
여자의 마음을 울린다.
박효신, 토이, 김현철…….
그러다 어떤 노래가
라디오에서 흘러나오고,
퇴근하는 내내 반복해서 듣게 됐다.

그 노래는 동아리 선배가 부르던 곡이었다.

그러니까 1년에 한두 번

동아리 전체 기수가 모이는데,

그때 졸업을 막 하고 이듬해 봄,

익숙한 선후배들 얼굴 사이로

낯선 한 사람이 앉아있었다.

군대를 제대하고 막 복학한

한 살 많은 남자 선배였다.

키가 여자보다 조금 컸다.

남자는 굳이 본인의 키를 반올림해서

170센티미터라고 소개했다.

어떤 화제든 남자에게만 돌아가면

유머로 문장이 완성됐고,

주변 사람들은 탁자를 탁탁 치며 웃었다.

한창 봄 정기 세일 기간이라

강남역 인근의 가게 쇼윈도에는 'Sale' 글씨가

반복돼서 붙어있었다. 그걸 보고 남자가 물었다.

"Sale의 뜻이 뭔지 알아?"

"글쎄요. 할인 아닌가요?"

"살래야! 살래. 그렇게 써 있잖아."

"아휴."

"좋다는 게 뭐니?

이런 아재 개그하면서 같이 살아가는 거지 뭐."

어디 가서 자신의 동아리 선배라고 말하지 말라며

면박을 주었지만, 여자는 뒤돌아서 웃었다.

어쩐지 자신과 유머 코드가

맞는 사람인 것 같아서 반갑고 또 찌릿했다.

모임이 마무리 될 즈음,

술값을 막 계산할 때였다.

현금으로 각출할까 한 사람이 카드를 긁고

계좌 이체를 할까 머리를 맞대고 있었다.

그런데 남자가 벌떡 일어나서 "이걸로 긁어" 하며

카드 한 장을 내밀었다.

"오, 역시 선배답네" 하며 받아들었지만,

신용 카드가 아닌 포인트 적립 카드였다.

이에 질세라 여자도 카드 한 장을 내밀었다.

여자의 카드는 할인 카드였다.

여자와 남자는 눈을 마주치고 깔깔 웃었다.

그때 여자는 보았다.

남자의 웃음 속 진지한 눈빛을.

달에 착륙한 루이 암스트롱처럼

남자의 마음속에 자신이 한발 들여놓았음을

직감적으로 느꼈다.

여자 스스로도 놀랄 만큼 기분이 들뜨고

독한 술을 마셔도 취하지 않았다.

오늘 이 자리가 자신들의 인생에서

명장면이 될 것이라는 걸 두 사람은 예감했다.

모임이 다 끝난 뒤,

마지막 인사를 하고 모두 흩어졌다.

여자는 혼자서 지하철역으로 향했다.

십여 분 뒤, 뒤에서 남자의 목소리가 들렸다.

"저기……." 뒤돌아보지 않고서도

그 사람일 거라고 생각했다.

"연락처 좀 줄래?"

지하철을 타자마자 남자에게서 메시지가 왔다.

여자는 직감했다.

아, 새로운 연애가 시작됐구나.

여자와 남자가 첫 번째 데이트를 하던 날,

두 사람은 종로에서 만났다.

저녁을 먹고 밤 9시쯤 거리로 나왔다.

골목길은 넓지 않았지만 사람이 많았고

더러 자동차도 지나갔다.

뿌옇게 번지는 네온사인을 보면서

이 순간 참 황홀하구나,

사는 게 전세 아니면 월세라더니

이런 게 행복이지.

여자의 얼굴에 웃음이 새어나왔다.

남자의 손이 여자의 왼쪽 어깨 위로

어색하게 올라왔다.

남자는 뒤에서 오는 차를 보고

여자를 안쪽으로 인도하며

본인은 바깥쪽으로 자리를 옮겼다.

자리가 바뀌는 순간, 여자는 두 사람의 관계도

선배와 후배 사이에서 어떤 진지한 관계로

위치가 옮겨가고 있음을 느낄 수 있었다.

들릴 듯 말 듯 남자가 나직이 부르던 노래 가사가

시끄러운 거리와 차 사이에서도 분명하게 들렸다.

노랫말이 꼭 본인과 같다고 했다.

남자는 고맙다는 말도 잘 못하고,

미안할 때는 괜히 더 화를 내고,

통화하다 먼저 끊거나

지난 사랑 얘길 늘 하는 사람,

미리 해둔 약속도 잘 어기고,

했던 얘기를 또 물어보는 사람이

자신이라고 했다.

그런 바보 같은 사람도 한 사람을

지독히 사랑할 줄 안다고.

그때는 그 노래가 이별 노래였는지도 몰랐다.

상관도 없었다.

여자의 귀에는 그저 어떤 고백으로 들렸다.

기분이 좋을 때는 이별 노래도

아름답게 들리는 법이니까.

그해 5월, 그들은 경춘선을 타고 남이섬에 갔다.

잔디밭에 누워서 푸른 하늘을 올려다보았다.

친구한테서 빌린 겉옷에 풀색이 배면 어쩌지

하는 걱정도 따뜻한 햇살에
남자의 무릎 위에서 모두 사라졌다.

10년도 훨씬 넘은 이야기이지만,
라디오에서 그 노래가 흘러나오면
여자는 지난 추억이 떠오른다.
어제 저녁에 뭘 먹었는지 기억도 가물거리는데,
그날은 어쩐지 남자의 얼굴이 또렷이 떠올라
같은 노래를 반복해서 들었다.

이미 그리움조차 흐릿해질 때가 되었는데,
우연히 듣게 된 노래 한 자락에도
그때로 돌아가게 되는 것이 사랑 아닐까.

70억 중 단 한 명,
내 짝을 만난다는 것

70억 인구 중에 고작 한 명을 얻었을 뿐인데,

마치 세상을 다 가진 것처럼

벅찬 황홀감에 빠져들었다.

이 사람 도대체 뭐지? 당신 누구야?

우리가 만난 게 기적이 아니면

무엇으로 설명할 수 있을까?

여기가 런던도 파리도 아닌데,

당신 하나로 삶의 배경이 바뀐 기분이었다.

첫 만남,

내가 어떤 옷을 입고 있었는지 기억나지 않지만

그의 눈빛만큼은 분명하게 기억하고 있다.

그때 모자 아래로 드러난

그의 선명한 눈동자와 마주쳤다.

내가 달처럼 은은하다면

그는 태양처럼 분명했다.

같은 하늘 아래 있지만,

너무 달라서 결코 만날 수 없는 존재.

이렇게 다른 두 사람이 어떻게 만날 수 있었을까?

200개가 넘는 나라 중에서 하필 대한민국,

대한민국 중에서도 서울,

서울 중에서도 우리 동네,

이 미스터리하고도 운명적인 만남을

뭐라 설명할 수 있을까?

책을 펴도 영화를 봐도 친구와 마주 앉아도

그의 얼굴이 겹쳐졌다.

만나는 사람마다 좋은 일이라도 있냐고 물었다.

나는 생각했다.

그 사람을 생각하는 게 좋은 일이구나.

모처럼 찾아온 연애의 감정이 넘치고 흘러서

방 안에서 홍수가 나기 직전,

친구 세 명에게 전화를 걸었다.

자신의 비밀을 잘 지켜줄 것 같은 친구,

연애에 능숙한 친구,

명리학을 공부하는 친구에게 이 사실을 알렸다.

– 있잖아, 내가 사랑에 빠진 거 같아. 아니 빠졌어.

인생에서 꼭 두어야 할 친구가 있다면 이별 친구다.

함께 소주 마시며 위로해줄 친구가 있다면

밤이 오는 게 두렵기보다 기다려질 수도 있으니까.

또 하룻밤 이틀 밤 취해서 보내다 보면

서툴렀던 연애가 추억이 되기도 하고 말이다.

이별 친구들은 착하고 나에게 너그러운 사람이어야 한다.

이별은 관계의 실직 같은 거라 자존감이 낮아진다.

이때 수다스럽고 혼란스러운 감정을

묵묵히 들어주는 사람이 있다면

마음속에서 그래 까짓것 하는 배짱이 돋아난다.

가족 말고도 나를 위로하고

이해해줄 사람이 꼭 필요하다.

한 명도 두 명도 부족하다.

족히 세 명은 돼야 한다.

일말의 양심은 있어서 한 명에게

나의 괴로움을 몰아서 줄 수는 없다.

술값은 세 배로 나가겠지만,

세 배의 공감과 위로를 얻을 수 있으니까.

이런 이별 친구들은 내가 다시 사랑을 시작하면

연애 상담가로 변신한다.

연애 상담은 연애를 잘하는 사람보다

나를 잘 아는 사람이 좋다.

솔직하게 모든 걸 털어놓을 수 있기 때문이다.

– 애 엄마한테 이런 말해서 미안한데,

배가 좀 아프더라도 좀 들어줄 수 있니?

왜 스위스에서 리스본행 야간열차를 타고

새벽 내내 달려간 그레고리 교수처럼

나에게도 그럴만한 용기와 체력이 생긴 것 같아.

세 살 아들의 몸에 로션을 바르던

대학교 동기가 휴대폰을

스피커로 돌려놓고 말한다.

– 연애도 출산이랑 비슷해.

연령 제한이 있어.

죽을 때까지 가능한 것 같지만,

그건 환상이나 기대 심리 같은 거거든.

결혼하고 나면 연애 세포가 다 어디로 숨어버려.

먹이를 안 주니까 멸종됐을 수도 있고.

가능할 때 번식시켜.

그럼 그렇지. 할까 말까 망설일 때 친구는

"마음껏 해"라며 용기를 북돋아준다.

토닥토닥 아이를 재촉해서 재우고

친구는 통화를 이어나갔다.

내 이야기를 듣는 건지,

오래전 본인의 연애 시절을 그리워하는 건지,

한참의 침묵 뒤 한마디 한다.

- 응. 근데 기는 좀 죽는다. 또 연애라니.

친구야, 연애세포는 어떻게 생겼길래

이토록 나를 뜨겁게 만드는 걸까?

바늘처럼 생긴 얼음 다발일까?

뭉쳐서 내리는 함박눈 같을까?

초속 3미터로 내리는 하늘하늘한 벚꽃 모양일까?

발끝에서 무섭게 번식하는 무좀 세균 같은 것일까?

거미줄처럼 투명한 선으로 연결돼있을까?

무엇이길래 사람의 눈물샘을 터뜨리고

심장을 빨리 뛰게 할까?

온몸에 퍼지기까지 속도는 10초면 될까?

연애세포는 도대체 어떻게 작동이 되길래

나는 이렇게 먹지 않고

잠을 안 자도 힘이 나는 걸까?

함부로 사랑에 빠지지 않지만

언제든 사랑에 빠질 준비는 돼있다고,

내 안의 연애세포가 말하고 있다.

PART 2

너라서 행복하고
너라서 아픈

미니멀리즘 연애
필요한 만큼만,

대로변에서 남녀가 다투는 모습을 본 적 있다.
별말 없이 서로를 응시하다가
여자가 먼저 울음을 터뜨리고
남자는 난감해서 어쩔 줄 모르는
정형화된 싸움 패턴.
한번은 길거리에서 남자가 여자한테
너무 크게 화를 내길래
어디서 독립 영화를 찍나 싶어 두리번거리며,
카메라를 찾은 적도 있었다.

모처럼 여자와 남자가 데이트를 나갔다.

사람이 많은 신논현역 교보문고 사거리,

분위기가 심상치 않다.

한여름임에도 불구하고 냉기가 흐르고

두 사람은 팽팽한 힘겨루기를 하고 있었다.

여자는 분노에 차서 남자를 뚫어지게 응시했다.

깜빡이면 지는 거야.

안구의 뿌리가 뽑힐 것 같은 통증이 느껴졌다.

지나가는 누가 봐도 두 사람은

길거리에서 싸우는 흔한 연인이었다.

여자는 당장 돌아가고 싶어졌다.

"나 집에 갈래."

"도대체 뭣 때문에 이러는 건데?"

"몰라서 물어?"

"모르니까 묻지."

"아휴, 답답해.

내가 이래서 대화가 안 된다는 거야."

"말을 해봐."

"됐고, 우리는 소통 불가능이야."

"내가 늦어서 그래?"

"아니."

"그럼?"

"몰라."

"말하기 싫어?"

"몰라."

"영화는 볼 거야 말거야? 시간 얼마 안 남았어."

"내가 이래서 화가 나는 거야.

지금 영화가 중요해?"

"그럼 뭐가 중요한데? 계속 이러고 있어?

영화 취소할까?"

남자가 언성을 높이자 여자는

얼굴이 붉어지면서 눈물이 나오려고 했다.

"왜 울고 그래? 내가 도대체 뭘 잘못했니?"

"아까, 나한테 왜 그랬어?"

"뭐? 언제?"

"아까, 식당에서, 나한테 그랬잖아. 웃기게 먹는다고."

"뭐?"

남자는 어이가 없다는 표정이다.

"변했어. 옛날에는 내가 먹는 것만 봐도

예쁘다면서, 이제는 웃기다고?

자기는 더 웃겨!

먹을 때 얼마나 못생긴 줄 알아?"

"내가 왜 못생겼어? 이만하면 잘생겼지.

그러니까 나랑 사귀는 거 아니야?"

"이것 봐, 이것 봐. 또 얼렁뚱땅 장난으로."

"아니, 아니. 미안해."

"그리고 아까 식당에서

서빙 하는 친구한테 예쁘네 마네,

도대체 왜 그래? 그거 엄연히 성희롱이야!"

남자가 피식 웃는다.

"그래서 화났어?

서빙 하는 친구한테 예쁘다고 해서?"

"아니거든. 창피해서 그렇거든."

그렇게 치열하게 싸우다가도

두 사람은 영화 시간에 늦지 않기 위해서

손을 잡고 뛰었다.

다행히 영화 시작 전에 들어갈 수 있었다.

콜라를 마시며 여자는 남자를 물끄러미 쳐다봤다.

지나고 보면 아무 일도 아닌데,

왜 그때는 그게 그렇게 서럽고 밉고 싫었을까?

왜 가장 소중한 사람에게

함부로 대하는 것일까?

여자는 타인에게 좋은 사람이었지만,

애인에게는 엄한 사람이 돼있었다.

여자는 미국의 다큐멘터리 영화

〈미니멀리즘〉을 떠올렸다.

주인공인 서른 살 남자는

연봉이 꽤 높은 회사에 다녔다.

밤낮없이 회사에 매달리느라

가족과 제대로 된 시간 한 번 가져 보지 못했다.

그러던 어느 날 갑자기 어머니가 세상을 떠나자

그는 생각했다.

이제 내게 남아있는 것은 무엇이 있지?

무엇을 향해 달려야 하지?

어두운 밤 그에게 신호를 보낸 것은

미니멀리즘이었다.

그는 더 이상 소비하는 삶을 위해

헌신하지 않기로 결심한다.

300개가 넘는 집안의 물건을 정리하고,

인터넷 사용을 줄이고,

전화기와 텔레비전도 없이 2개월 동안 살았다.

적게 쓰면 밤늦게까지 일하지 않아도 된다.

그는 과거보다 훨씬 삶에 만족하는 사람이 됐다.

그를 오랫동안 지켜본 친구가 물었다.

너는 무엇 때문에 그렇게 행복하니?

그의 답변은 간단했다. 미니멀리즘.

여자도 미니멀한 생활을 시작하고 싶었다.

미니멀리즘을 통해서 인생에서

가장 중요한 것을 찾고 싶었다.

불확실하고 복잡한 일과 미래,

나른한 일상, 권태로운 사랑,

만족스럽지 않은 연애에 대한 태도를

개선하고 싶었다.

그래서 여자는 새로운 단어를 지어봤다.

미니멀리즘 연애.

말 그대로 옷장을 정리하듯, 서랍을 비우듯

연애에 있어서도 불필요한 감정들을 줄이고

사랑이라는 감정에 집중해보고 싶어졌다.

사랑이라는 건 긍정적인 낱말이며

서로에게 좋은 에너지를 주기 위한 것이다.

그런데 자칫 욕심이 생기거나

물건을 비교하듯이 상대를 저울질해서

연애가 잘되지 않았다는 생각이 들었다.

생각을 정리하고 여자는 남자에게 문자를 보냈다.

- 이보시오,

미니멀리즘 연애라고 들어는 봤소이까?

미니멀리즘은 양을 줄이는 것이 아니라,

필요한 것을 선택하는 것이다.

나에게 맞는 사람을 찾듯이.

알 수 없는 너

변화무쌍한 기분처럼

~~~~~~

여자의 말투가 예사롭지 않다.
미간에 내 천 자를 새기고
슬슬 짜증이다.
남자는 조심스럽게 다가와
여자의 귀에 대고 속삭였다.
"대자연이 온 거야?"

복합적이고 짐작할 수 없고

예상할 수 없는 야생적인 세계, 대자연.

여성들은 한 달에 한 번 대자연을 겪기 위해

무려 463가지의 증상을 겪는다.

생리 때가 되면 여성의 몸속에서는

두 가지의 호르몬이 요동을 친다.

호르몬의 비율이 몇 대 몇으로 움직이느냐에 따라

증상이 달라지기 때문에

하루라도 같은 날이 없다고 한다.

여자의 몸은 정말 거대하고 복잡한

아프리카 사파리의 대자연과도 같다.

대자연이 오면 여자의 컨디션은 난파된 배와 같다.

식욕은 통제 불가하고, 몸은 퉁퉁 붓는다.

피부도 거칠어진다.

몸의 굴곡이 사라지고 얼굴의 균형이 깨지면서

자신감도 내려가기 시작한다.

아마 퇴근 후의 일이였을 거다.

친구들과 치킨 세 마리를 해치웠지만

여자의 몸은 여전히 탄수화물과 지방을 요구했다.

남자 친구의 집 근처에서 파는

케이크 한 조각이 먹고 싶어졌다.

티라미수도 좋고 생크림이 듬뿍 들어간

바나나 크레페도 좋다.

여자는 오로지 먹을 욕심에 급하게 약속을 잡고

남자를 기다렸다.

그런데 곧 슬슬 배가 아파왔다.

대자연의 작용이 저 멀리서 오고 있다는

직감이 들었다.

이마에서 식은땀이 송골송골 맺히기 시작했다.

그런데 남자는 만나자마자 인상을 팍 쓴다.

실수로 휴대폰을 떨어뜨렸는데

지나가던 학생이 발로 밟고 슬라이딩을 했다는 것.

보험 적용을 해야 할지, 새로 사야 할지,

돈만 나가게 됐다며 한숨을 내뱉는데,

아스라이 남자의 입에서 알코올의 잔해가 풍겨왔다.

여자는 속으로 '진정해, 나는 이성적인 사람이니까'

하고 주문을 외웠다.

어린애처럼 기분에 휘둘릴 순 없잖아,

성숙한 사랑을 해야지.

최대한 침착하게 남자에게 조언을 했다.

"내일 서비스 센터 가서 문의해봐."

한숨으로 자동차라도 돌릴 기세인가,

남자는 연신 한숨을 뱉어낸다.

"무슨 휴대폰이 이렇게 쉽게 망가지냐.

할부로 내서 그렇지 원금은 100만 원이야.

이거 고치려면 또 돈 들 텐데……. 어휴."

여자는 최대한 차분하게 말하고 싶었지만

퉁명스럽게 발사되고 말았다.

"아니 그러게. 그 비싼 걸 왜 떨어뜨렸어!!"

빽 하고 지른 소리에 남자는 눈을 동그랗게 떴다.

여자는 한 번 더 쐐기를 박았다.

"평소에 휴대폰을 좀 거칠게 다루더라.

비싼 줄 알면서도 그렇게 함부로 쓰고.

자업자득이지 뭐!"

남자는 목소리의 키를 반음 내리더니

퉁명스럽게 말했다.

"너는 안 떨어뜨리고 사냐?

맨날 긁혔다고 징징댈 때는 언제고."

"아, 내가 언제에에?!"

왜 그 지점에서 여자는 눈물이 고였을까,

뭐가 그렇게 서러웠던 것일까,

고작 바나나 크레페를 못 먹어서 억울한 것일까?

아니면 휴대폰이 고장 나서 오늘밤

이 분위기가 망가졌다고 생각한 것일까?

아니다.

여자는 그렇게 유치하고 못된 사람이 아니다.

죄책감이 밀려오기 시작했다.

남자 역시 여자의 눈물에 마음이 약해진다.

"아니, 친구들 만나서 무슨 안 좋은 일 있었어?

갑자기 왜 짜증을 내?"

"내가 무슨 그렇게 사리 분별 못하는 사람이야?

친구들이랑 안 좋았다고 여기 와서 화풀이하게?

친구들이랑은 즐겁게 놀았거든."

여자는 그 이유를 안다.

백두산이 폭발하듯 여자의 몸속에서
대자연이 술렁이고 있다는 것을.
"미안, 내가 지금 좀 예민한 때라서…….
배도 아프네, 집에 가야겠어."

두 사람은 한 달에 한 번은 거르지 않고 싸웠다.
여자는 생리를 하는 기간 동안 매달 남자와
이런 전쟁을 겪어야 한다고 생각하니 끔찍했다.
우리 엄마들은 어떻게 이 난관을 극복했을까?
선배들은 어떻게 살고 있지?
고양이 자세를 하며
휴대폰으로 검색을 하고 있었다.
그때 남자가 모바일 커피 쿠폰과 함께
작은 편지를 보냈다.

- 대자연 속에서 따뜻한 차 한 잔
즐기는 여유를 가져보길.

뭐야? 커피 끊었다니까!

그동안 너무 많은 에너지를

사용하며 생활해온 탓일까?

이렇게까지 예민하게 구는 건.

대자연 기간에는 자연재해 구간처럼

잠깐 쉬는 시간을 가져야 할 것 같다.

일도 덜 하고, 약속도 덜 잡고

몸을 혹사시키는 일을 줄여야겠다고 다짐했다.

몸이 아프면 옆에 있는 사람이 괴롭다.

여유는 건강한 몸에서 나오니까.

건강한 연애를 위해서 최소한

30퍼센트 에너지를 지키자.

그래야 사랑하는 이에게

웃으며 대할 수 있으니까.

가고 싶은 방향이 다를 때는

~~~~~~~~~~~~~~~~~~~~~~~~~~~~~~~~

두 사람은 7년을 만났다.
결혼을 하면 당연히 상대는
내 옆에 있는 이 사람이지.
맡겨둔 택배처럼 당연하게
또 막연하게 생각했다.
퇴근 뒤, 두 사람은 늘 가던
카페에 가서 차를 시켰다.

"나 회사 그만두려고."

여자가 그란데 사이즈의 라테를

빈 컵에 반으로 나누고 있을 때

남자가 건넨 첫마디였다.

여자는 대수롭지 않게 생각했다.

회사원의 목표는 퇴사니까.

"왜? 무슨 일 있었어?"

"아니, 무슨 일이 없어서."

"말장난하지 말고"

"아까 점심 먹고 컴퓨터 앞에 앉았는데,

갑갑한 거야.

이제 서른셋인데

이 일을 육십까지 한다? 아휴."

"내 친구들은 부러워하던데,

남자 친구 대기업에 다닌다고."

"언제나 남의 회사가 좋아 보이는 법이지."

"그래서, 뭘 하고 싶은데?"

"커피."

"커피?"

"지금까지 모아둔 돈에다 대출 받아서
카페를 차려보려고. 내 가게를 열고 싶어."
"뭐? 그럼 우리 결혼은?"

여자는 엉뚱한 데서 결혼 여부를 물었다.
이 타이밍에 이건 아닌데…….
결혼이라는 주제는 좀 더 달콤한, 그러니까,
노을이 지는 바닷가를 바라보며 하고 싶었는데.
둥글고 하얀 테이블에 턱을 괴고서
남자가 먼저 그윽한 눈빛으로 물어봐주길 바랐다.
우리, 언제 결혼할까?
근데 이게 뭐야. 다 망쳤어.

"일단은 카페를 차려서 열심히 해보고,
결혼은 좀 더 안정된 뒤에."
"나 할머니 되면?"
"넌 내가 할아버지 될 때까지
성공 못한다는 이야기야?"
"지금 그런 이야기가 아니잖아.

이건 내 인생과 관련된 이야기야."

"나도 지금 내 인생을 이야기하고 있는 거야."

남자와 여자가 그동안 무난하게

함께 걸어올 수 있었던 건

같은 길을 걸어왔기 때문이었다.

갈림길이 나오자

두 사람은 팽팽하게 맞서 싸웠다.

여자는 커피를 3분의 2만 덜어서 홀짝였다.

창에 비치는 남자의 얼굴을 보니 한숨이 나왔다.

후, 여자는 생각이 많아졌다.

남자는 왜 하필 자신이 커피를

줄여야겠다고 다짐했을 때

커피를 만드는 사람이 되겠다고 선언을 한 것일까?

서른셋이라는 나이,

여기서 1~2년 더 준비하면

여자에게 남은 건 노산 로드.

임신이 필수는 아니었지만, 아이는 꼭 갖고 싶었다.

그래서 건강한 몸을 만들어야겠다고 생각했다.

그 야심찬 계획의 첫 번째 준비 단계가
바로 커피 줄이기였다.

에스프레소 샷 두 잔이 들어가는 커피의
카페인은 100밀리그램.
출근해서 한 잔, 점심 먹고 한 잔,
외근 나가서 한 잔,
퇴근 뒤 약속 있으면 또 한 잔.
그렇다면 하루에 마시는 카페인은 500밀리그램.
여자는 카페인이 임신과 출산에
어떤 영향을 주는지는 모르겠지만,
심리적으로 늘 조심스러웠다.
점차 줄여보는 것도 나쁘지 않을 것 같았다.
만혼에 준비하는 일종의
'태태교' 같은 것이라고 할까?
게다가 한 끼에 버금가는 커피 값만 줄여도,
하루 만 원씩, 한 달 30만 원, 1년이면 300만 원.
여자에게 커피란 결혼과 밀접하게 연결된
일종의 '상징값' 같은 것이었다.

그런데 자신 대신 커피와 결혼하겠다는

남자의 말을 들으니

여자의 속은 시커먼 커피가 될 지경이었다.

"그래, 네가 좋다면 시작해봐!"

여자에게는 이렇게 말해줄 쿨한 유전자가 없었다.

여자는 별말 없이 고개를 돌려

남자의 옆모습을 바라보았다.

얼굴이 까칠하네.

다시 한 번 커피를 꼭

줄여야겠다고 다짐했다.

서로 이견이 생길 땐

책의 모서리를 접어놓듯

결정을 유보해보는 것도 좋다.

곧 좋은 생각이 떠오를 거야.

당신에게 듣고 싶은 말

~~~~~~~~~~~~~~~~~~~~~~~~~~~~~~

그러니까 그날,
여자는 남자와 자신이 서로
남극과 북극의 대치점에 있는 게
아닐까 생각했다.
말다툼은 여자가 통화 중 전한
작은 이야기 하나에서 시작됐다.

- 며칠 전에 완전 황당한 일 있었잖아.

내가 합정역을 지나가는데,

초등학교 5학년쯤 돼 보이는 남자애가

장난을 치다가 차도로 뛰어든 거야.

지켜보는 사람들 모두 깜짝 놀랐어.

근데 더 놀란 건 뭔지 알아?

아이의 엄마가 아이에게 욕을 하더니

급기야 손찌검까지 하는 거 있지?!

전문가로서 어떻게 생각해?

- 음, 무조건 엄마 잘못이지.

엄마는 아이 때문에 놀라서 그랬다고 하겠지만,

이미 손이 올라가는 순간

엄마에게 걱정이란 감정은 사라진 거야.

왜냐면 아이가 안전해졌다는 걸 알고 있거든.

그때부터 그냥 화가 나는 거야.

'이 녀석아 왜 나를 놀라게 해?!' 이런 마음?

- 그럼 어떻게 해야 하는데?

- 아이를 잘 붙잡고 설명해줘야지.

○○야, 네가 공원 밖으로 나가서

위험한 차에 다칠까 봐 엄마는 걱정이 많이 됐어.

앞으로 조심해줬으면 좋겠다.

- 엄마가 무슨 부처야?

애가 차에 치일 수도 있었는데

어떻게 침착할 수가 있어?

남의 일이라고 너무 쉽게 말하는 거 아니야?

- 그게 부모의 역할이야.

꾸준히 참고 반복해야지.

알아들을 때까지. 일관성 있게.

- 그럼 당신은 앞으로 아이를 잘 키우겠네?

- 어렵지만 노력할 자신은 있지.

- 그래? 그럼 나는 어떨 거 같아?

아, 어리석은 질문. 하나마나한 질문.

여자는 잠깐 남자를 셜록 홈즈로 착각했던 것일까?

왜 이런 상황을 추리해보라고 시킨 거지?

하지만 남자는 복잡하게 생각할 것도 없다는 듯이

쉽게 대답했다.

– 글쎄, 쉽진 않을 거 같아.

응? 뭐야? 시작부터 기분 나쁘게.

– 아니 너는 부엉이잖아.

새벽에 늦게까지 깨어있고, 대부분 아침에 자고.

그래서? 슬슬 짜증나네.

– 아기는 그렇게 키울 수가 없거든.

애들은 아침에 잠이 없으니까.

아기가 태어날 때부터 혼밥을 어떻게 해.

넌, 어.려.울.거.같.아.

– …….

이렇게 남자들은 여자들의 마음을 모른다니까.
여자는 침묵으로 불쾌한 의사를 표현했다.
하지만 남자는 아랑곳하지 않고,
아니 여자가 왜 침묵하고 있는지
이유조차 짐작하지 못하고 있었다.
되려 졸리다며 전화를 끊는다.

– 내일 아침 일찍 일이 있어. 내일 통화해. 사랑해.

뚜뚜뚜.

후, 하! 다시 전화를 걸어 말어?
하면 지는 것 같고, 안 해도 진 것 같은
이 땅콩엿 같은 상황을 어떻게 극복해야 하지?
나름 좋은 엄마가 될 수 있을 거라고
생각했던 여자에게, 엄마가 될 자격이
없다는 식의 말은 아주 불쾌했다.

물론 남자는 뜻을 왜곡했다고 펄쩍 뛰겠지만
꼭 그렇게 얄밉게 말했어야만 했냐?

추운 남극에서 연말을 보내는 과학자들은
동료들이 고향에서 가져온 돌멩이를 손에 꼭 쥐고
따뜻한 집과 그리운 가족을 생각하며
잠시나마 외로움을 잊는다고 한다.
위안과 용기를 줄 수 있는
작은 돌멩이 하나를 주지는 못할망정
무심한 모서리로 연인의 마음에 상처를 주다니!
여자는 전화기를 꺼버리고
혼자 소리를 빽 하고 질렀다.

사람 사이의 일에 '정답'은 없지만,
연인 사이에는 때로 '필요한 답'이 있다.

기꺼이 수고로움을
감수하는 마음

~~~~~~~~~~~~~~~~~~~~~~~~~~~~~~~~~~~~

누구에게나

완벽한 날은 없다.

남자는 여자보다

이성적이고 꼼꼼하지만,

가끔 실수도 하고

중요한 일을 놓치기도 한다.

그날도 그런 날이었다.

- 부탁이 하나 있는데,

우체국에 대신 가줄 수 있을까?

도저히 시간이 안 나서.

- 어떤 일인데?

- 준비된 서류를 순서대로 봉투에 넣고

주소가 적힌 스티커를 붙여서 보내면 돼.

- 뭐야 복잡한 일이네?

- 그치. 가면 직원 분이 도와주실 거야.

1시간 정도 생각하면 돼.

- 엥? 1시간이나?

그가 준 에코백에는 서류가 한가득 들어있었다.

도대체 왜 이렇게 복잡하고

어려운 일을 시키는 거야.

왜 나를 고생 시키냐고.

투덜투덜대면서 여자는 우체국으로 향했다.

손 편지 보낼 일이 없어지면서

요즘 우체국은 1년에 한두 번 갈까 말까?

세금 신고하는 세무서 같은 곳이 됐다.

우체국은 1층 김밥 가게를 지나

미용실, 치과와 한 층에 있는

대형 건물 2층에 자리하고 있었다.

예상대로 여자는 너무 서툴렀고

한참이나 두리번거렸다.

처음 가는 길은 늘 멀고

복잡하게 느껴지는 법이니까.

다행히 여자를 구원해주는 손길이 있었다.

친절한 직원의 도움으로 어찌어찌 일을 마쳤다.

직원은 나의 수고를 알아주고 격려해주었다.

"고생 많이 하셨어요.

남자 친구 분이 제대로 준비해주셨으면

훨씬 수월했을 텐데요."

"그러니까요. 감사합니다.

그런데 그 사람도 혼자 하기에는

벅찬 일이었을 거 같아요."

여자는 주소가 적힌 스티커를 하단에 붙이고

노란 봉투에 서류를 넣고

입구를 접어서 풀을 붙이고

접수 도장이 찍히는 동안

남자를 생각했다.

자신에게 어려운 일이

남자에게도 어려운 일일 수도 있겠다.

여자가 아니면 남자가 겪어야 할 일이었다.

편한 일을 주는 사람은 좋은 사람,

어려운 일을 시키는 사람은 못된 사람이라는

공식이 언제부터 여자 마음속에

자리하고 있었을까?

하고 싶은 일보다 하기 싫은 일이

더 늘어난 건 또 언제부터였을까?

타박했던 마음이 미안함으로 바뀌었다.

여자는 미션 수행을 잘 마쳤다고

남자에게 메시지를 보냈다. 바로 답장이 왔다.

- 고마워. 엄청 고생했어!
- 응, 고생했지 엄청.
근데 혼자서 늘 이 복잡한 일을
다 했을 당신을 생각하니까

마음이 말랑말랑해지네.

그래서 기쁜 마음으로 했어.

자신이 생각해도 참 센스 있는 후기였다.

남자는 박스 안에서 눈물 한 방울을 떨어뜨리는

라이언 이모티콘을 보냈다.

이어서 또 하트 열매가 가득 담긴 바구니를

여자 앞에 쏟아 부었다.

보통 이모티콘을 잘 사용하지 않는 남자가

마음을 다 쓰려니 손이 따라가지 못했나 보다.

여자는 반복해서 움직이는 이모티콘을

한참 동안 바라보았다.

남자의 뭉클한 고마움이 느껴졌다.

남자가 하고 있는 일보다

남자가 해줄 수 있는 일에만 반응하던 여자.

남자가 여자에게 하는 행동은 두 가지,

호강 아니면 고생이라고 이분법적으로만 해석했다.

그래서 여자는 남자가 조금만 불편하게 해도 쉽게

그래 여기까지만, 오늘까지만 만나자 하고
성급하게 선을 긋기도 했다.
손해 보는 건 사랑이 아니라고
생각했기 때문이다.

여자는 언젠가 남자가 일하는 모습을
우연히 지켜본 적이 있다.
학창 시절 아버지의 회사에 놀러갔다가
예상치 못한 난감한 상황을 목격한 것과는
다른 기분이었다.
동료 의식이라고 할까, 동지 의식이라고 할까.
아버지에게서 미안함을 느꼈다면
남자에게서는 고마움을 느꼈다.
불가피하게 드리워지는 얼룩과 그늘을
얼굴이 아닌 발끝에 둬줘서.
늘 웃는 얼굴로 반겨주는 남자가
새삼 비범한 사람처럼 느껴졌다.

여자는 생각했다.

이따금 남자의 어려운 부탁을 들어줘야겠다고.

남자가 늘 분주했던 이유가

실력이 부족해서가 아니라

그 일이 원래 분주한 일임을 잊지 않기 위해서,

남자를 조금이나마 이해하기 위해서 말이다.

남자도 자신처럼 매일매일

애쓰며 살고 있었구나 생각하니

여자는 오늘 선량한 사람이 된 것만 같다.

누군가를 갸륵하게 여기는 건
스스로에게 커다란
자부심을 부여해주는 일이다.

더 뜨거운 비밀스럽기에

~~~~~~~~~~~~~~~~~~~~~~~~~~~~~~

화장기 없는 얼굴, 긴 생머리,
청바지와 헐렁한 티셔츠 차림에
복숭아뼈 위까지 올라오는
흰색 농구화를 신은 모습은
여자의 출퇴근 차림이다.
샤방샤방한 여성스러움보다는
보이시한 모습에 더 가까웠다.

여자는 이직을 했다.

대기업에 잘 다니고 있었지만,

월급도 더 많이 주고,

지금보다 조건이 나을 거라는 추천에

마음이 흔들렸다.

하지만 곧 후회했다.

새로 옮긴 회사에는

호랑이 같은 남자 선배가 있었다.

남자는 여자에게 유독 엄격했다.

부리부리한 눈에 짙은 쌍꺼풀,

남자는 항상 바쁘고 통화 중이었다.

사람들은 모두 전화해서 남자만 찾았다.

그러던 어느 날 남자가 인사 발령을 받아서

다른 곳으로 가게 됐고, 2년의 시간이 흘렀다.

여자는 나름 회사 생활을 즐기며 지내고 있었는데,

2년 후 남자가 돌아오면서

다시 한 사무실에서 같이 근무를 하게 됐다.

여자는 남자가 반갑지 않았다.

서른이 다 된 남자는

주말이면 서울과 지방을 오가며

결혼 상대자를 소개 받는 눈치였다.

여자는 결혼이나 이성에 아무런 관심이 없었다.

그런데 남자가 가끔씩 던지는 말에 신경이 쓰였다.

"소주 한잔 사줄래요?"

사주겠다고 해도 갈까 말깐데, 사달라고?

내가 왜? 여자는 도무지 이해가 가지 않았다.

생각 같아서는 냉정하게 무시하고 싶었지만,

직장 동료끼리 그럴 수는 없어서

옅은 미소를 짓는 것으로 대답을 대신했다.

하지만 날이 갈수록 남자는

소주 한잔 사달라는 말을 자주 했다.

여자도 슬슬 짜증이 나기 시작했다.

아, 그까짓 것 한잔 사주고 말자.

"그 소주 한잔, 오늘 사드릴 테니까

지금 회사 앞 정류장 앞으로 나오세요!"

괜히 누가 보고 소문이라도 나면 귀찮아지니까

두 사람은 버스를 타고

최대한 회사에서 먼 교외로 나갔다.

빈대떡을 시켜 놓고 주거니 받거니 했다.

"아, 오늘 위험한데…… 술이 다네."

여자와 남자의 마음도 소주잔처럼

서로에게 점점 기울어갔다.

그렇게 남자와 여자는

소주 한 잔 두 잔을 기울이며 연인 사이가 됐다.

사내에서 비밀 연애를 했던 그들은

'소주 한잔'이라는 작전명으로 데이트를 즐겼다.

비가 내리고 기온이 뚝 떨어지면

두 사람은 처음 그때처럼 작전을 개시한다.

"소주 한잔 하자. 나와라, 오버!"

비밀 연애를 반대하는 건

못 해본 사람들의 주장일 뿐이다.

연애에도 점검 기간이 필요하다

~~~~~~~~~~~~~~~~~~~~~~~~~~~

벚꽃이 만개하는 봄날,

망중한을 즐기는 친구들 틈에서

여자는 프로그램 생각에 잠겼다.

'이번에는 또 어떤 이벤트를 만들어볼까?'

라디오의 청취율 조사는 보통

3개월에 한 번씩 1년에 네 번,

봄이 시작하는 1월과 초록 초록한 4월,

여름 7월, 가을 10월에 치러진다.

그러고 나면 12월, 한 해도 어느새 저문다.

계절과 시절은 방송 원고에만 존재하는 것 같아서

가끔 허상처럼 느껴지기도 한다.

그러나 빠르게 흘러가는 시간이

꼭 나쁜 것만도 아니다.

청취율 조사 결과에 예민할 수밖에 없는 이유는

광고와 연결되기 때문이다.

광고는 곧 방송사의 수익과 연결되고

월급으로 이어진다.

프로그램의 존재와 폐지가

꼭 청취율에 비례하는 건 아니지만,

게임에서 취득하는 아이템처럼

비빌 언덕 혹은 버틸 힘이 되기도 한다.

'존버' 하기 위해서 청취율 '사수'는 불가피하다.

청취율 조사 준비로 여유가 없을 때

남자에게서 문자가 왔다.

"내일 무슨 날이게?"

"청취율 조사 시작."

"너 정말."

"왜."

"우리 100일이잖아."

남자는 매번 100일을 챙긴다.

100일만 챙긴다.

100일 다음 날은 101일이 아닌 다시 1일의 시작이다.

365일 중에서 100일은

세 번에서 많게는 네 번까지 찾아온다.

남자와 여자는 100일이 되면

관계를 점검하고 재충전한다.

마치 라디오 청취율 조사처럼.

편지를 쓰거나, 가까운 곳으로 여행을 다녀오거나,

막걸리 한두 잔으로 기분을 낼 때도 있다.

1000일 10000일이 아닌 100일의 만남은 가뿐하고

신선한 달걀 같은 기분이 든다.

여자가 기념일 따위라고 낮춰 말하면

남자는 말한다.

"짧은 인생,

기회가 있을 때마다 서로 축하해줘야지."

그렇게 100일의 기적을 맞이하며

남자와 여자는 서로 격려하고 자축한다.
저녁 한 끼에 불과한 조촐한 기념 파티이지만
두 사람에게는 지나온 100일을 돌아보고
다시 걸어갈 100일을 기대하는
중요한 날이기도 하다.

"용하게 헤어지지 않고 올해도 왔네요.
또 한 계절을 잘 보냅시다."
여자는 방송국에서 함께 일하는 동료도,
옆에서 100일을 세는 남자도 참 고맙다.
정신없이 지나가는 시간 속에서
한데 어울려 살아가는 게 어디 쉬운 일인가.
조금만 마음이 상해도 손절하는 세상에.
여자는 모처럼 가볍게 책상에 앉았다.
오늘 막 상반기 청취율 조사가 끝났기 때문이다.

다시 그와의 1일을 준비하는 마음으로
내일 출근 준비를 해야겠다.

기한

사랑스러움의

∿∿∿∿∿∿∿∿∿∿∿∿∿∿∿∿∿∿∿

.

잠을 설치길 며칠째.
남자의 일기장에
새로운 인물이 등장했다.
'나 참, 이 나이에 연애라니.'
마흔넷 먹도록 한 번도 못 해본
사랑이라는 단어가 뒤늦게
가슴 한구석에서 아름답게
꽃을 피우고 있는 중이다.

선은 아닌데 그렇다고 소개팅도 아닌

어중간한 자리에서 여자를 처음 만났다.

여자는 씀씀이가 소박했고

항상 고맙다고 먼저 말했다.

남자는 매운 거라면 기겁을 하는데

여자는 해물 짬뽕 한 그릇을 웃으며 먹는다.

심지어 남자를 놀리기까지 한다.

"만약에 우리가 결혼을 하면……."

남자는 농담인 척 진심을 꺼내보았다.

여자가 내 말을 이어줄까? 아니면 싹둑 잘라버릴까?

"음, 만약에 우리가 결혼을 하면,

방귀는 끝까지 트지 말아요."

"왜요? 나는 자연스러운 게 좋은데?"

"그럼 그냥 가족이 되는 거예요.

연애는 끝나는 거라고 보면 돼요."

남자는 여자와 더 가까워지고 싶다.

여자가 화장 안 한 얼굴로 모자 하나 쓰고 나와서

자신을 편하게 만나줬으면 좋겠다.

책과 꽃을 좋아하는 여자.

남자는 선물할 책을 고르다가

여자의 웃는 얼굴이 생각나서 피식 웃음이 났다.

'맞네. 나 지금 사랑에 빠진 거 맞네.'

길을 걷는데 노래가 저절로 나온다.

사랑에 나이가 있나요?

가사 한번 기가 막히네.

남자는 매일 인터넷을 검색한다.

커플링, 커플 시계, 여자 친구 선물, 여자 목걸이······.

남자는 여자가 자신으로 인해 더 빛나길 바랐다.

오늘도 남자는 여자와 통화를 한다.

코맹맹이 소리는 나이도, 체면도 상관없나 보다.

사랑스러움은 나이에서 오는 것이 아니라,

태도에서 오는 것이라고 했다.

사랑이 아니겠는가
의리가 왜

여자는 어린 나이에 부모의 이혼을 경험하고
아버지에 대한 적대감이 컸다.
잘생기고, 마마보이에, 보증을 서는 남자는
절대 안 된다고 생각했다.
그래서 아무리 과 얼짱에
스펙 좋은 남자가 나타나도
눈 하나 꿈쩍하지 않았다.
누굴 만나서 연애한다는 게 참 어려웠다.

1학기가 지나고 여름 방학,

여자는 친구의 소개로 부산의 한 편의점에서

아르바이트를 시작했다.

미리 현장 시찰을 나갔는데,

편의점 안에 밀짚모자에 검은 선글라스를 쓴

까무잡잡한 남자가 카페라테를 사면서

여자를 향해 슬쩍 미소 짓고 나갔다.

'뭐야, 완전 무서워.'

다음 날, 야간에 일하는 알바생에게

인수인계를 받으려고 나갔는데,

어제 소름끼치게 했던 그 남자가 서 있었다.

제대하고 복학할 때까지 시간이 좀 남아서

며칠 전부터 일을 시작했다고 한다.

남자의 눈빛은 계속 여자에게 머물러 있었다.

'뭐야, 이 불길한 예감은.'

여자는 집에서 욕조에 물을 받아

발로 이불 빨래를 하고 있었다.

드라마를 보면서 '부럽다, 부럽다'

노래를 부르고 있는데, 남자에게서 전화가 왔다.

"남포동인데, 피자 먹으러 올래?"

"여기 감천인데, 알바 끝나고 카페로 와라."

여자는 별 부담 없이 나갔다.

그런데 한 달 뒤 남자의 휴무일,

중요하게 할 얘기가 있다며

여자를 송도 해수욕장으로 불러냈다.

남자는 여자가 좋아하는 곰돌이 푸 인형을

안고 와서 벤치에 앉혔다.

"나 너 많이 좋아해. 나랑 사귀어줄래?"

여자는 자신의 인생에서 남자가 없을 거라고 생각했다.

그런데 이렇게 직접적인 고백을 받자

마음이 살짝 움직였다.

남자는 여자가 좋은 열 가지 이유에 대해서

1시간 동안 쉴 새 없이 이야기했다.

그 뒤로 그들은 껌 딱지처럼 붙어 다녔다.

중앙 공원 도서관 가는 길 밤공기가 너무 좋았다.

여자가 하늘을 올려다보며

"별 참 예쁘다"라고 말하는 순간,

남자의 입술이 여자의 입술을 덮쳤다.

스무 살 여자의 첫 키스,

시간이 매우 길고 또 오래 흘러가는 것 같았다.

어느새 남자와 여자는 졸업반이 됐고,

남자는 부산에서 취업을 했다.

남자가 첫 출근하던 날,

여자는 길에서 쓰러졌다.

비가 억수로 쏟아지고 있었다.

여자의 병명은 이삼십 대에게 드물게 일어난다는

다발성 경화증. 희귀 난치병이었다.

열흘 만에 눈을 떴을 때,

여자의 얼굴 절반이 보라색으로 변해있었다.

온몸에 힘이 없어 여자는

휠체어에 벗어 놓은 옷처럼 걸쳐져 있었다.

"내가 왜? 오빠는 알아?

도대체 왜 내가 아픈 거야?"

내내 울기만 하는 여자에게 남자가 말했다.

"사람은 나이가 들면 누구나 다 아파.

남들보다 조금 빨리 아픈 것일 뿐이야.

그리고 내가 아직 고백 못한 게 있는데,

실은 나도 불치병 있어.

너 없으면 죽는 병.

그러니까 날 위해서라도 어디 가지 마."

난치병 진단을 받은 여자에게

남자는 오히려 청혼을 했다.

하지만 남자의 부모님은 두 사람이

결혼하는 것을 강력하게 반대했다.

여자가 남자의 앞길을 막고 있다고 하며.

여자는 가슴 아팠지만 사실이라고 생각했다.

의사는 출산은 할 수 있지만,

재발이 올 수 있다며

2세 계획은 하지 않는 게 좋겠다고 말했다.

"난 괜찮아.

왜냐면 아이보다 네가 더 소중하니까.

우리 둘이서 알콩달콩 살자.

네가 없으면 아무것도 의미가 없어."
남자가 귀여운 강아지 한 마리를
입양해서 여자 품에 안겨줬다.
"나랑 닮았지? 이름을 뭐라고 지을까?
부산에서 처음 만났으니까 부산이라고 지을까?
아니면 남포동?"

자기야, 너무 미안해.
그런데 지금은 당신을 붙잡아야 할 것 같아.
부모님, 너무 죄송합니다.
저 이 사람 없으면 못 살 것 같습니다.

가끔 두 사람은 뽀뽀보다
힘차게 하이파이브를 하며 인사한다.
불같은 사랑도 좋지만
의리로 똘똘 뭉쳐진 사랑도 참 든든하다.

'애'끓는
마음으로

오프닝 원고는 못나고 부족한 나에게서 나와

비슷한 이들에게 건네는 짧은 메모다.

그리고 손을 내미듯 건네게 된 말이

오프닝의 말미에 적었던 한 문장이었다.

"오늘 하루도 애 많이 쓰셨습니다."

일주일에 한 번, 주말 중 하루는

가족 모두가 부모님 댁에 모여서 식사를 한다.

아흔이 넘은 할머니는

손자와 손녀를 만나면

손을 꼭 잡아줬다.

"이번 한 주도 애 많이 썼지?

너무 걱정하지 마라. 몸 상한다."

어른들께서 아랫사람들에게

늘 해주는 덕담이라고 생각했다.

건성건성 "네네" 대답하고 지나쳤다.

그러던 어느 날,

자정 무렵 언덕길을 따라 집으로 향하는데

유독 발걸음이 무겁고 한숨이 나왔다.

그때 돌아가신 할머니의 말씀이 떠올랐다.

유서도 통장도 하나 없이 생전의 바람대로

깔끔하게 정리하고 떠나신 할머니는

세 문장을 남기고 가셨다.

애썼다. 너무 걱정 말아라. 몸 상한다.

유언이 돼버린 그 문장이

마음에 와닿았다.

그렁그렁 눈물이 맺히고

사납게 물결치던 감정이 편안해졌다.

방송 작가가 되기 전,

문하생으로 공부하고 있을 때

스승님이 내가 쓴 문장에 대해 물어봤다.

"애간장이 녹는다는 말의 뜻을 잘 알고 쓴 것이냐?"

'애'는 우리 신체 기관 중에서

'창자'를 뜻하는 것이고,

'간장' 역시 '간'과 '창자'의 한자다.

창자가 녹아서 끊어진 상태를 뜻하는 말이었다.

생각할수록 무섭고 끔찍한

상황을 표현하는 말이었다.

고개를 가로저었다.

"그래서 어디 해 먹겠냐?"

욕을 바가지로 먹었다.

창자는 큰창자와 작은창자로 구성돼있다.

이는 우리가 흔히 말하는 대장과 소장이다.

장이 꼬여도 하늘이 노래져

사람이 데굴데굴 구르는 마당에

끊어져서 녹는다고 생각하니 식은땀이 흘렀다.

맹장 한 번 터져본 적 없는 나로서는

상상할 수 없을 만큼의 고통이 내포된 말이었다.

스승님은 쉽게 장난으로 사용하면

안 된다고 주의를 주었다.

아흔 셋까지 사셨던 할머니는

서른셋에 미망인이 됐다.

남편을 잃고 자식 넷을 키우며

지독한 가난을 견디셨다.

그러다 둘째 딸과 사위마저도 앞서 보내고,

죽지 못해 살아야 했던 고통스러운 시간을 보냈다.

딸의 발인을 차마 보지 못하고

할머니는 햇살 가득한 방안에 앉아

무심히 바깥을 바라보셨다.

언젠가 오래 사는 게

형벌 같다고 말하셨던 할머니.

창자가 끊어질 정도의 깊은 슬픔,

애를 쓰며 산다는 것이 무엇인지

할머니는 알고 계셨을 것 같다.

그렇기에 우리에게 그토록

격려를 아끼지 않으셨던 거 같다.

애야, 애쓴다. 내 새끼.

남을 위로하다 보면

내 어깨가 가벼워지는 기분이 든다.

숨 가쁜 언덕을 오르다가

그에게 보낼 문자 메시지를 적었다.

- 고생 많았지? 오늘 하루도 애 많이 썼어. 푹 쉬어.

나를 다독이듯 그를 다독였다.

어쩌다 할머니 말씀이 떠올라

오프닝 원고에 적었는데,

그 덕분에 위로가 됐다는 청취자들의 반응에

코끝이 시렸다.

하루 동안 수고한 나에게 해주고 싶었던 말이

누군가에게 도움이 된다니.

나처럼 고생한 또 한 명의 사람이 있구나

싶어서 한편으로는 위로가 됐다.

매일매일 애가 타게,

속을 끓이며 하루를 버티고 사는 우리들.

서로를 따뜻하게 보살피며 늙어 죽을 때까지

이렇게 어울려 살아요.

"오늘 하루도 애 많이 쓰셨습니다. 동지 여러분!"

그럼에도 낭만을 꿈꾸는
현실의 연애

모두가 같은 사랑을 하진 않는다

〜〜〜〜〜〜〜〜〜〜〜〜〜〜〜

오색 단풍이 아래에서 위로
물들어가던 10월 중순,
서울에서 출발하는 내장산행 버스 안으로
여자가 서둘러 올랐다.
여자의 좌석 옆자리에는
한 남자가 앉아있었다.

"참, 신기하네요. 어젯밤 꿈에
어떤 여성 분과 여행 가는 꿈을 꿨는데,
뛰어오시는 모습을 보고 깜짝 놀랐어요."
"아 그래요? 근데 어쩌죠? 저 남자 친구 있는데."
여자는 괜한 오해로 감정을 낭비하고 싶지 않아서
일찍이 선을 그었다.

등산 모임에서 여자와 남자는 처음 만났다.
후미 대장인 남자는 맨 뒤에 오는 여자의
말동무이자 보호자가 돼주었다.
초저녁에 출발한 버스가 서울에 도착할 때까지
두 사람의 대화는 끊이지 않았다.
가다 서다 하는 버스처럼 두 사람도
사이사이 멈칫하고 침묵했다.
하지만 눈과 귀는 서로를 향해 있었다.
휴대폰으로 시간을 확인한 건
버스가 정차하고 자정이 넘었을 때였다.
그 후로도 두 사람은
가끔 산에 갈 때나 만날 수 있었다.

여자가 소개팅을 주선했지만 남자는 마다했다.

1년 뒤, 여자는 남자와 무관하게

그동안 만나왔던 남자 친구와 헤어졌다.

그제서야 남자는 여자에게 조심스럽게 고백했다.

"당신의 결혼 상대이고 싶어요.

당장 대답하지 않아도 돼요.

한 달이든 1년이든 기다릴 수 있어요."

여자는 남자가 준 반지를 돌려보내는 것으로

하루 만에 거절의 뜻을 전했다.

며칠 뒤, 남자가 전화를 걸어와 대성통곡을 했다.

나라를 잃어도 이렇게 울지 않을 것이다.

여자는 생각했다. 이 사람을 등지고

먼 훗날 돌아보았을 때 어떨까?

후회할까? 다행이다 싶을까?

그래도 만나볼 걸 미련이 남을까?

여자는 좋을수록 뒷걸음질치는 사람이었다.

그래, 한번 만나보고 아님 말지 뭐.

갈 데까지 가보고 아니면 되돌아오지 뭐.

울더라도 그때 울지 뭐. 이번만은 달랐다.

어린 딸에 홀어머니를 모시고 사는

상처한 사람이라고 부모님께 소개했을 때

여자의 아버지는 아무 말도 없었다.

하지만 아버지의 가라앉은 음성에서 알 수 있었다.

속으로 울음을 삼키고 계셨다는 걸.

여자는 대문을 걸어 나오면서

걷잡을 수 없는 울음을 토해냈다.

여자의 선택이 부모님 가슴에는 대못으로 박혔다.

평생 그 못 자국을 지워드릴 수 없을 것만 같아서

여자는 또 울었다.

성실하고 착한 남자는 어렵게 허락해주신

부모님을 뵙자마자 넙죽 절을 했다.

일사천리로 두 사람은 결혼식을 올렸다.

여자의 저녁 풍경은 전과 많이 달라졌다.

해가 기울고 나무가 붉어지면 여자는

아이의 손을 잡고 마당에 나간다.

하늘을 올려다보며 별이 됐을

아이의 엄마에게 인사를 한다.

우리 식구 잘 돌봐주세요. 당신도 잘 지내구요.

플라스틱 화분에 심어놓은 국화에 물을 주며

아이 아빠를 기다린다.

어린 딸이 흙을 만지작거린다.

고단했던 하루가 저물어간다.

여자는 노을을 바라보며 생각한다.

내 생애 가장 행복한 오늘,

죽어서도 이 순간을 가져가고 싶다고.

누가 그랬지. 사랑에 있어서 중요한 건
구조와 규칙이 아니라 관계 그 자체라고.
모두가 같은 사랑을 하지 않는다.
그 형태와 방식도 정말 다양하다.

삶이 우리를
시험할 때

남자와 여자는 회사 통근 버스에서
처음 만났다.
두 사람은 출퇴근을 하면서
서로의 얼굴을 익혔다.
이쪽에서 눈인사를 하면
여자도 애매하지만 고개를 살짝 기울였다.
여자의 작은 표현은
남자에게 확신을 줬다.

"퇴근하고 같이 저녁 먹을래요?"

남자의 말에 여자는 흔쾌히 '삼겹살'이라고

메뉴까지 정해줬다.

동갑, 독립한 직장인, 같은 회사.

눈에 콩깍지가 씐 두 사람은

서로의 차이점을 '달라서 좋다'고 하고,

공통점을 '어쩜 우린 이렇게 똑같을까?' 하며

무릎을 치고 좋아했다.

두 사람은 3개월 만에 동거를 시작했다.

식성과 성격까지 비슷해서 천생연분이라고 생각했다.

2년 정도 지났을 무렵,

여자가 선명한 두 줄의 임신 테스트기를 보여줬다.

두 사람의 공통점과 차이점을 고스란히 닮았을

하나의 생명이 찾아온 것이다.

남자와 여자는 기뻤다.

바로 혼인 신고를 하고

아기 맞을 준비를 차근차근 해나갔다.

그런데 36주 뒤에 태어날 아기가

23주 5일 만에 엄마의 세계를 밀고

세상 밖으로 나왔다.

몸무게 640그램.

신생아 중환자실에는 아이가,

산부인과 입원실엔 여자가 나란히 입원했다.

의사가 남자에게 말했다.

"아이가 살 확률은 0퍼센트, 만약 살아남는다 해도

평생 장애를 가질 수 있습니다."

미래는 불확실하기에 두렵지만 인간은

그 안에서 최소한의 확신을 갖는 것이 아닐까?

두 사람은 최선의 상황을 그려보고 싶었다.

하지만 바람과 달리 최악의 상태가 주어졌다.

벼랑 끝에 선 기분이었다.

남자는 새끼 잃은 짐승처럼 울었다.

"눈이 먼다면 제 눈을 주고,

걷지 못한다면 제 다리를 주고,

말을 못한다면 제 목소리라도 내줄 수 있습니다.

살려만 주십시오."

23주 아이를 둔 아버지의 말이었다.

아기는 푸른 점에서 640그램이 되었다.

작은 아기에게

뼈와 살과 뇌의 총기까지 나눠준 여자는

143일 동안 중환자실을 하루 두 번씩 다녔다.

"아가, 우리 딸, 고마워.

엄마 아빠한테 와줘서. 정말 고마워."

여자는 간절한 마음으로 아기에게 말했다.

'아가, 엄마의 말을 꼭 기억해줘.

고마워. 그리고 괜찮을 거야.

그러니 조금만 더 힘을 내줘.'

아기의 모국어는 엄마의 음성이다.

분명 느낄 수 있을 것이라고 믿었다.

엄마는 자신에게 부여돼있는 모든 행운을

이 작은 아기가 가져가도 상관없다고 생각했다.

다행히 아기는 호전됐다.

2년의 시간이 흘렀고,

제법 자란 아이를 품에 안고 기뻐할 차례였다.

그런데 이번에는 여자의 가슴에 혹이 생겼다.

유방암.

긴 터널을 겨우 빠져 나왔다고 생각했는데,

바로 앞에 끊어진 다리가

위태롭게 버티고 있는 기분이었다.

"여보, 지금이라도 떠나고 싶으면 떠나도 돼.

지금까지 힘들었는데 앞으로는 더 힘들 거야.

당신 원망하지 않을게."

여자의 말에 남자는 담담한 척했지만

뒤돌아서서 한참을 울고 또 울었다.

그때 남자와 여자의 나이, 서른셋.

딸만 보고 두 사람은 걸어가기로 했다.

수술 뒤 3년,

여자는 전이나 재발 없이 건강하게 지내고 있고,

아이는 이른둥이라는 이력이 무색할 만큼

씩씩하게 자라고 있다.

1년 뒤, 두 사람은 학부모가 된다.

여자가 자기 전에 묻는다.

"여보, 아직도 나 사랑해?"

"당연하지. 지금이 더 좋아."

남자와 여자는 연애하듯 산다.

그 사이에 키 작은 숙녀 '보란이'가

두 사람의 손을 잡고 있다.

끊어진 다리를 '보란 듯이' 이어주듯.

막 걸음을 걷기 시작한 아이가 돌부리에 걸려 넘어졌다.

아이도 엄마 아빠도 깜짝 놀라서 서로를 쳐다보았다.

아이가 부모를 향해 씽긋 웃더니

다시 일어나 앞으로 뒤뚱뒤뚱 걸어나갔다.

여자와 남자는 아이를 향해 박수를 크게 쳐줬다.

이상국 시인이 〈봄눈〉에서 이렇게 말했지.

나는 너의 바깥이 돼주고 싶다고.

나는 너에게 추울때는 따뜻한 외벽이,

더울 때는 시원한 창이 돼줬으면 좋겠다.

함께 보내는 것 아무것도 아닌 시간을

~~~~~~~~~~~~~~~~~~~~~~~~~~~~~~

남자와 여자는
동서울 터미널에서 이른 아침 출발하는
시외버스를 타고 속초로 향했다.
초봄쯤이었다.
버스에서는 약하게
난방이 나오고 있었다.
도착하고 보니
첫 끼니를 먹을 시간이다.

두 사람은 택시를 타고

숙소로 먼저 향했다.

안내 데스크에 짐을 맡기고

작은 배낭 하나만 메고 길을 나섰다.

가끔 이렇게 차를 놓고 여행을 가는 건

남자와 여자가 여행을 즐기는 방식이었다.

지도 앱이 아닌 사람들에게 물어 물어서

구석구석 느긋하게 산책하기.

마을 골목길을 통과해서 바닷가에 도착했다.

오전의 쨍한 태양 때문에 현기증이 났다.

바람이 몹시 불었다.

작은 항구에 차려진 식당에 들어가

물기 어린 인사를 나눴다.

"불경기라서 그런가?"

"아니, 오전이라서 손님이 없는 거겠지."

두 사람은 가장 좋은 자리에 앉아

작은 창문 너머로 보이는 파도를 감상했다.

날씨 좋고, 일단 소주 한 병으로 시작.

따가각. 돌려 깎듯이 뚜껑을 열었다.
밑바닥부터 올라오는 푸른 기포에
두 사람은 호들갑스럽게 감탄을 했다.
이른 봄바람은 술상을 엎을 기세다.
가벼운 안주가 들썩이고
마늘이 상 밑으로 날아갔다.
밥상 위를 덮은 하얀 비닐이
태극기처럼 펄럭였다.
푸른 병도 점점 가벼워졌다.

남자와 여자가 차를 놓고 여행을 가는 데
거창한 이유는 없다.
오로지 대낮부터 술을 마시기 위함이다.
아침부터 저녁 때까지 오로지 취하는 데
정신과 몸의 에너지를 쓸 뿐이다.
부랑자들처럼 두 사람은
몇 달에 한 번씩 이러고 돌아다닌다.
걷다가 서고, 해변가에 눕고 자고,
일어나서 먹고 또 걷고.

해도 그만 안 해도 그만인 일에

열과 성을 다하며

나름의 의미와 즐거움을 찾아나가는 것.

명소도 명분도 없지만 두 사람에게만은

모든 순간이 명장면인 그런 여행.

어떤 작가가 말했지.

추억은 목소리를 잃게 됐을 때

자신에게 불러줄 노래 같은 거라고.

같은 시간을 보낸 두 사람이

훗날 같은 노래를 불렀으면

하는 바람도 가져본다.

속초에 다녀왔다고 하니까

다들 뭘 했냐고 여자에게 물었다.

할 말을 준비하지 못 한 여자는

한참을 망설인다.

권할 수는 있지만 추천하기에는 뭣한

비루한 여행이 분명하다.

"술만 마셨어요"라고 하면

어떤 표정을 지을까.

허무맹랑하고 부랑자 같아 보이는

이 여행을 감히 어떻게 설득하겠는가.

떠나 보면 기대했던 여행이

별것 아닐 때가 있다.

어느 순간이 되면

모든 풍경이 다 비슷비슷해 보인다.

삶도 그렇지 않나.

하지만 이 아무것도 아닌 여행을

함께해주는 이가 있다.

여행을 해보면 안다.

이 사람과 내가 맞는지 안 맞는지.

여행은 끊임없이 인내심을 실험하고

체력을 테스트한다.

고된 여행을 함께 버틸 수 있는 사람이라면,

아니 기꺼이 즐기는 경지에까지

이를 수 있는 사람이라면

만남을 넘어 일상생활을 공유해봐도

좋겠다는 생각이 든다.

반복되는 생활이

결코 지루한 일이 아니라는 것을

틈틈이 일깨워주는 사람과

아무 것도 아닌 일에

시간을 할애하며 살고 싶다.

삶의 배경이 곧 서로라는 것을 안다면

우리의 별일 없는 여행이

결코 지루하지만은 않을 것이다.

내 편이 되어주는 사람

~~~~~~~~~~~~~~~~~~~~~~~~~~~~

서점에서 기다리고 있는

여자의 뒷모습을 보고,

남자는 문득 두 사람이

처음 만났던 순간이 떠올랐다.

구내식당에서 늘 혼자 밥을 먹고,

회식 자리에서도 없는 사람처럼

맨 끝에 앉아있다가 조용히 일어나던

여자를 무작정 따라나선 게 시작이었다.

여자의 집은 일산,

남자의 집은 분당.

동생이 일산 근처에 산다고

거짓말을 했을 때 여자는 웃었다.

마치 남자의 마음을 알아챈 것처럼.

두 사람은 지하철을 타고

1시간이 넘게 가면서

오랜 친구처럼 대화를 나눴다.

평일에는 여자의 집 근처로,

주말에는 남자의 집 근처로 와서

차도 마시고 산책도 했다.

결혼한 지 1년 만에 남편이 세상을 떠나고

가장이 돼 세상 밖으로 나왔던 여자.

남자는 외로운 여자 옆에 있고 싶었다.

만난 지 석 달 만에

남자가 청혼을 하자

여자는 숨죽여 울었다.

남자도 따라 울었다.

두 사람의 삶은 녹록지 않았다.

여자가 갑작스레 선고받은 암을 막 이겨내자

그다음에는 남자가 아팠다.

두 사람은 마치

큰 신발을 신고 걷는 아이들처럼

한 발 한 발 내딛는 게 참 힘겨웠다.

'여보, 사는 게 참 만만치 않다는

내 말에 당신이 그랬지.

신발이 크면 좀 천천히 걸으면 된다고.

서로 손 잡아주면 된다고 말이에요.'

부부로 10년,

남자는 아직도 여자를

엊그제 만난 것 같다.

산책을 하는데 아파트 화단에 활짝 핀

무궁화 몇 송이가 눈에 들어왔다.

얼마 전까지만 해도

초록 이파리 몇 잎이 전부였던 거 같은데,

어느새 이렇게 꽃을 피웠을까?

시원하게 물 한 모금 주지 못했는데

알아서 잘 커준 꽃이

미안하고 또 고마웠다.

남자는 여자가 선물한 책을

머리맡에 두면서 생각한다.

서로의 곁에서 오래도록,

빛이 다 사라질 때까지 함께하자고.

녹록지 않은 삶을 살아갈 때는

내 편이 되어주는 사람이 있다는

그 사실만으로도 위안이 되기도 한다.

번역기가 되어주길 서로에게 이로운

사람의 음성을
고양이가 이해할 수 있도록
통역해주는 앱이 있다고 한다.
이 기능을 만드는 데
총 스물다섯 마리의 고양이가
공동으로 참여했다.
이 앱은 성우처럼 백칠십오 가지 이상의
소리를 사용해서 사람의 언어를
'야옹이어'로 변환해준다.

이 오디오 기술로 대화를 시도하면
고양이가 말귀를 알아듣고 사람을 엄청 반긴다.
심지어 사람한테 다가와
비비적비비적거리며 뽀뽀도 막 한단다.
애정 표현에 인색한 녀석들이 말이다.
기계는 고양이가 듣고 싶은 말로
예쁘게 번역을 해준다고 한다.
반대로 사람이 주로 이용하는 언어 번역기란
야옹이어처럼 귀여운 것과는
거리가 좀 있어 보인다.
생긴 지 얼마 안 된 번역기처럼
투박하고 서툴 때가 많다.

여자는 가끔, 아니 자주 자책했다.
'나란 인간은 도대체 왜 이렇게
부족하게 태어났나?
모든 게 이렇게 지지부진한 걸까?'
그날도 스스로에게 낙담하고 실망해서
화가 머리끝까지 올라간 상태였다.

짜증 세포의 활성화로 몸과 정신이 둔화되고

시간 개념까지 사라진 것일까?

남자와의 약속에 30분이나 늦었다.

짜증이나 화는 언제나

그 뒤에 불행을 갖고 오기 마련이다.

남자를 만나러 가는 길이 어쩐지 불길했다.

남자는 재촉하는 전화도 문자도 없이

카페에서 업무를 보며 여자를 기다렸다.

아프리카에서 태어났다면

천 년 동안 자리를 지키는

바보, 아니 바오밥 나무 같은 사람.

남자가 분주히 들어온 여자를 보고 미소 지었다.

남자의 미소와 상관없이

여자의 기분은 여전히 별로였다.

나는 널 보면 기분이 좋아지는데,

너는 그렇지 않은가 보구나,

언젠가 서운해 하던 남자의 표정이 떠올랐다.

리넨 바지처럼 표정이 구겨져있는 여자에게

남자가 물었다.

"뭐 마실래?"

여자는 따뜻하고 달콤한 음료를 마셨다.

한결 기분이 나아졌다.

그래도 오늘은 혼자 생각할 게 많아.

말 좀 안 시켜주면 좋겠어.

여자는 자신을 생각하고

남자는 여자를 생각했다.

겨울 가뭄으로 밖은 건조했다.

찬바람이 불고 거리의 사람들은 한껏 몸을 움츠렸다.

남자는 여자를 꼭 안아주었다. 별 말 없이.

여자는 가슴과 눈이 뜨거워졌다.

눈물 흘리면 안 되는데…….

남자는 여자를 평소보다 오랫동안 안아주었다.

녹록지 않았던 여자의 하루는

남자를 통과하면서 조금 괜찮은 하루가 됐다.

그러고 보면 남자는 여자에게 참 든든한 번역기다.

성향에 따라서 사람들의 언어는 다르다.

그래서 연애를 시작하고

두 사람은 참 치열하게 싸웠다.

분명 한국어로 대화하고 있었지만

도대체가 말이 통하지 않았다.

다툼을 통해 배운 것은

둘 사이에서 사용하는 단어가

매우 달랐다는 것.

사람들은 저마다 각자의 언어 사전을 갖고 있다.

사전에 담긴 뜻과 다르게

개인의 경험과 느낌에 따라

단어를 정의하고 해석하고 사용한다.

특히 남자와 여자의 경우는 그 간극이 매우 컸다.

차이점을 줄이기 위해서 두 사람은

둘만을 위한 사전을 만들기로 했다.

각자 머릿속에 있는 느낌을

솔직하게 표현하고 설명해서

서로 이해한 뒤 공유했다.

덕분에 굳이 말하지 않아도

아 하면 어 하고 서로의 생각을 맞추기도 했다.

심지어 초성만으로도 어느 정도

대화가 가능한 수준이 됐다.

여자가 ㅇ뻐ㅂㄱㅅㅍ 이라고 메시지를 보내자

남자가 ㄴㄷㄱㄹ 이라고 답했다.

일심동체가 아니라

이쯤 되면 '일언동체'인 건가.

여자도 남자에게 이로운 사람이 되고 싶다고 생각했다.

다정한 말로 당신에게 그리고 우리에게

다가올 시간이 괜찮을 거라고 응원해주고 싶다.

언젠가 여자도 마음의 키가 훌쩍 커서

남자의 등을 토닥이며 말해줄 날이 오겠지.

"고마워, 사랑하는 나의 번역기."

언어가 마음을 따라가주지 못하면 답답하다.

좀 더 풍부한 단어와 논리로 대하고 싶지만

마음만 앞설 때가 많다.

누가 내 마음을 좀 설명해줄 수 없나요?

내 속으로 들어와봐요.

같은 사이 동네 단골 식당

여자는 출근과 퇴근을 자전거로 한다.
집에서 여의도까지 거리는 11킬로미터,
횡단보도 3회, 언덕 2회, 지하도 1회,
약 44분 정도 걸린다.
2년 정도 타다 보니
이제는 마음만 먹으면 시간을
10분 정도 앞당길 수도 있게 됐다.
시간을 지배할 수 있다니.
초능력이 생긴 것만 같다.

회사 정문을 출발해서 한강을 따라

동네 근처까지 오면 선택의 기로에 선다.

들어갈까, 말까?

회사에서 집으로 가는 길목에

육류와 주류를 파는 식당이 있다.

1년 전, 뻔질나게 들락거리면서

가게 사람들과도 정이 들었다.

일주일에 5회, 매일 가다시피 하다 보니

선후배처럼 편한 사이가 됐다.

영업시간이 끝나면 조명을 낮추고

달이 기울 때까지 술잔을 채웠다.

음악을 함께 듣고 노트북을 펼쳐놓고

각자 일을 하기도 하고

메뉴에 없는 과일과 야식을 해치웠다.

식당에 자주 가게 된 이유는 1차원적이다.

회사에서 집으로 가는 중간 지점에 있기 때문이다.

가는 길에, 만난 김에,

하는 김에 하는 건 쉬우니까.

회사에서 절반 이상 멀어져

그만큼 집 가까이에 오면

사회적인 직업인에서 개인적인 나로

서서히 변해간다.

마블 영화의 등장인물처럼

가슴에 붙어있는 사회적 타이틀을 뜯어내고

춤과 음악을 따라 느낌가는 대로

몸을 움직이는 자유인이 된다.

한번은 회사 동료들과 함께

저녁을 먹고 가게를 나오는데,

사장님이 배웅하며 물었다.

"평소 때와 다르시네요?"

네? 이게 제 평소 모습인데요? 뭐가 다르죠?

저 원래 회사에서 이래요.

남동생들이 누나에게 가장 놀랄 때는

누나가 남자 앞에서 여자인 척하고

있을 때라고 한다.

회사 동료와 있을 때 나의 모습은

개인적인 나와 어떻게 다른가.

사람은 대부분 여러 역할을 하고

역할에 맞게 행동하며 산다.

당연하고 지극히 정상이다.

내숭도 아니고 위선도 아니다.

사람에 따라서 환경에 따라서 기분에 따라서

예의에서 크게 벗어나지 않는 한

다르게 행동하며 살아간다.

한 사람 안에 담긴 인격은

족히 열두 가지도 넘을 것이다.

때와 장소에 따라서

반전 있게 변화하는 사람은

연애할 때도 큰 매력을 준다.

혐오와 배신감이 드는 반전이 아닌

매력적인 반전은 추구해볼 만하다.

취업 후 낯선 도시로 이사 온 지 십여 년,

가끔 동네라는 단어가

내 옆에도 있었으면 좋겠다고 생각한다.

단골 식당처럼 뭉근하고 오래가는

사람을 만나고 싶다.

한집에 살지 않고 근처에 살면서

이웃처럼 친구처럼 지낼 수 있는 사람.

그런 사람을 만나게 된다면

늦은 밤에도 실례를 무릅쓰고 문자를 보내리라.

"우리 쓰레빠 신고 볼까요?"

대부분 관계는 별일 있을 때 만난다.

별일 없을 때도 함께 걸어주는 사람,

그런 사람과 오래오래 함께이고 싶다.

そう

사랑은 계속된다

그래도

드라마를 보다가 그 사람 생각이 났다.

스물한 살, 처음에는 누나 동생으로 시작해서
연인이 된 그 사람.

남자의 집은 서울의 북쪽 응암동이었고,

여자의 집은 서울의 동쪽 상봉동이었다.

남자는 매일, 1년 동안

여자를 집까지 데려다주고 버스를 타고 돌아갔다.

늘 헤어지기 싫어서 한 대만 더,

한 대만 더 하다가 결국 막차를 타고 가던 남자.

면허증을 따고 차가 생겼을 때

어디든 늘 함께할 수 있어 좋았다.

버스 시간을 걱정하지 않아도 돼서 더욱 좋았다.

두 사람은 그렇게 10년을 한결같이 연애했다.

서른 살의 문턱을 막 넘었을 때

남자가 여자에게 청혼했다.

"너무 오래 기다리게 해서 미안해."

두 사람의 결혼 생활은 참 행복했다.

결혼 1년 뒤,

두 사람 사이에 귀여운 아이가 태어나고

아이의 백일잔치를 할 무렵이었다.

남자에게 암 선고가 내려졌다.

남자의 나이 고작 서른 중반,

어린 두 사람은 무섭고 두려운 마음을 뒤로 하고

전투적으로 열심히 살았다.

힘들고 정신없었지만

남자를 위해, 여자를 위해, 아들을 위해

순간순간 찾아오는 행복을 뒤로하지 않았다.

두 사람은 고통을 감수하며

어두운 터널을 함께 지나갔다.

그리고 기적처럼 다시 10년을 함께 했다.

"여보 고마워. 당신 만나서

정말 행복하고 감사했어."

다정한 말 한마디 남기고,

남자는 3년 전 여자를 떠나 하늘나라로 갔다.

연애 10년, 결혼 10년.

한 사람과 20년을, 마치 어제 만나

연애한 것처럼 살았던 두 사람.

여자는 생각했다.

다시는 이런 사랑이 찾아오지 않겠지만,

남자와 함께 한 기억들만으로도

자신은 정말 편안하고 행복하다고.

어디선가 남자가 자신의 이야기를

들어줄 수 있다면, 여자는 말하고 싶다.

오늘따라 당신이 많이 그립고 보고 싶다고.

누군가와 함께 삶을 살아간다는 것

~~~~~~~~~~~~~~~~~~~~~~~~~~~~~

"나는 어디서 어떻게 왔을까?"
쭈그려 앉아서 빨래하는
엄마의 뒷모습에 대고 물어봤다.
빨래를 휘휘 헹구며
엄마는 대답했다.
"그냥, 어쩌다가. 너 사춘기니?"

무심한 답변에 초등학생이던 여자는
마음의 상처를 적잖이 받았다.
좀 더 거대한 답변이 나올 줄 알았다.
세상에 '어쩌다가'라니!
이게 말이야 방귀야.
그런데 이제 와 생각해보니
간결하고 꾸밈없던 대답이 와닿는다.

43년생, 47년생 아빠 엄마는
마흔 가까이에 딸을 낳았다.
위로 형제와 나이 차이는 여덟 살,
어쩌다 생겼다는 말이 맞다.
세상 참 의도대로 되는 일보다
어쩌다가 생긴 일들이 더 많지 않던가.
뜻하지 않게 만났지만
여자는 좋은 부모님 만나서
평탄한 삶을 잘 살아왔다.
여자의 안에 새긴 인생의 명언들은
모두 그분들에게서 나왔음을 안다.

십 대 초반, 당시 한여름은 지금처럼 덥지 않았다.

집에 에어컨이 없어도

그냥저냥 숨 쉬고 살만 했다.

거실에 대나무로 짠 돗자리를 펴고

네 식구가 나란히 누워서 텔레비전을 봤다.

엄마가 누워있으면 아빠가 그 옆에 눕고,

나머지 한쪽 팔을 쟁취하기 위해

오빠와 자리싸움을 했다.

아빠가 잠깐 화장실 간 사이에

여자가 오른팔,

여자의 오빠가 엄마의 왼팔을 베고 눕는다.

자리를 뺏긴 아빠는 셋을 전부 이불처럼 포개서

한꺼번에 끌어 안았다.

모두 비명을 질렀다.

남매가 그 시간을 좋아했던 건

엄마와 아빠가 들려주는

젊은 날의 추억 이야기 때문이었다.

특히 엄마의 말솜씨는 소설가에 버금갔는데,

한 편의 드라마를 보듯이 빠져들었다.

엄마는 아빠를 만나기 전

한 만화가와 사귀다가 결혼을 앞두고 헤어졌다.

극장을 집처럼 드나들던 서울 여자는

네 살 많은 웬 시골 남자를 소개받았다.

다방에서 처음 만났는데

그때 입은 남의 양복이 어찌나 후줄근했는지

눈에 들어오지도 않았다고 한다.

그런데 '어쩌다가' 결혼해서 애를 둘까지 낳게 됐다.

엄마는 40여 년 전의 일을 마치

어제 벌어진 것처럼 기억하고 있었다.

그 순간만큼은 이십 대로 살고 계신 듯했다.

그런데 요새는 조금만 불리해지면

본인의 '치매설'을 언급하며 대답을 피한다.

'아 몰랑. 나 치매 초기라서 기억 안 나.'

오빠와 둘이서 나란히 누워

천정을 바라보며 같은 그림을 상상했다.

한 번은 여자가

왜 자꾸 옛날이야기만 하냐고 물어보니까,

"너는 엄마의 젊은 시절을 본 적이 없잖아"라고 말했다.

우리 죽으면 누가 기억해주겠니.

여자가 만난 부모님의 가장 젊은 날은

삼십 대 후반이었다.

늦둥이였던 여자는

학교에서 제일 늙은 부모를 가진 학생이었다.

그럼에도 여자의 기억 속에는 생생하게

그분들의 젊은 날이 필름처럼 기록돼있다.

부지런히 들려준 이야기 덕분이었다.

일흔이 훌쩍 넘었지만

한 요리 프로그램의 애청자인 덕분에

손맛이 여전히 후퇴하지 않는 어머니와

뭐든 남김없이 버리는 게 일상이신 아버지.

문득 삶이란 무엇인지

누군가와 함께 살아간다는 건

무엇인지 생각해본다.

때론 몸이 먼저 움직이면
정신이 뒤따라온다

느지막이 일어나 침대 속에 누워있는데,

며칠 전 읽은 한 작가의 인터뷰 기사가 떠올랐다.

방송 작가인 그는 아침 방송 20여 년간

새벽 세 시면 어김없이 일어나

책상에 앉았다고 한다.

몇 번 흉내를 내봤지만 하루 이틀뿐이었다.

매번 그럴 듯한 핑곗거리와 유혹이 생겨서

약속을 지키기가 쉽지 않았다.

그도 나와 같은 날들이 분명 있었을 것이다.

아플 때도 있었을 것이고

전날 회식으로 잠이 부족한 날도 있었겠지.

그럼에도 이른 새벽 침대에서 벌떡 일어나

모니터 두 대 앞에 앉았다고 한다.

정신없고 졸린 날도 있었으리라.

그런데 어떻게든 앉아있다 보면

정신은 자연스럽게 뒤따라왔다고 했다.

역시 고수들은 다르구나.

비장의 무기가 있었어.

20년이 넘도록 인기 프로그램을 집필해온

작가의 절도 있는 생활 습관과 계획은

자극과 존경심을 불러왔다.

아침잠이 유독 많은 나는

어렵게 잠에서 깬 뒤

정신이 들 때쯤 비로소 몸을 움직였다.

이불 안에 누워서 하루의 스케줄을

머릿속으로 그려나갔다.

생방송에 필요한 원고와

게스트는 어떻게 되는지,

개인적인 약속이 있었는지

대략 일과의 순서를 정리한다.

휴대폰으로 오전 뉴스를 체크하고

즐겨 찾는 커뮤니티에 들어가

반응을 살펴보면서

누운 채로 30분을 더 보낸다.

아, 이럴 줄 알았으면

얼굴에 팩이라도 붙여놓고 누워있을 걸.

아주 오래 전에,

말을 타던 아메리카의 원주민들은

한참을 달리다가도 한 번씩 멈춰 서서

뒤를 돌아보았다지.

너무 앞으로만 빠르게 내달리면

내 영혼이 미처 쫓아오지 못했을까 봐

정신을 챙기기 위해서 기다렸다고 한다.

나 역시 뒤따라오는 영혼이

육체에 잘 안착할 수 있도록

조금만 더 누워있기로 한다.

오랜 시간 연애를 하면서

가장 많이 들었던 질문은

"권태로운 적은 언제였어?"였다.

이런 질문을 들을 때마다 늘 얼버무린다.

딱히 언제라고 할 수 없을 만큼

수시로 느꼈기 때문이다.

왜 한 사람만 사랑해야 하지?

더 좋은 사람이 뒤늦게 나타나면 어떻게 하지?

한 번뿐인 인생 더 불태워야 하는 거 아니야?

그런데 이상하게 그 권태로움은 오래가지 못했다.

이유를 생각해보니

그가 정해놓은 규칙 하나 때문이었다.

연애를 막 시작했을 때 그가 말했다.

일을 하다 보면 불가피하게

못 보는 날도 있을 텐데,

그래도 최소한 2일을 넘기지 않도록 하자.

하루라도 못 보면 미칠 것 같은 연애 초기에는

이틀씩이나?

그래, 오케이 오케이 하고

고개를 끄덕끄덕했다.

그런데 세상 살다보면

얼마나 바쁜 일이 많은가.

드라마 시리즈 한 편만 보기 시작해도

이틀이 순식간에 삭제되는 마당에

48시간은 갈수록 짧게 느껴졌다.

한 3일로 늘리면 안 되나?

주말만 봐도 괜찮고…….

정말 '오지게' 싸운 날에는

한동안 보고 싶지 않을 때도 있었다.

그럼에도 초기에 약속 도장을 잘못 찍는 바람에

그와 나는 이틀이 멀다 하고 얼굴을 마주했다.

입을 삐쭉거리고 눈을 흘기면서 돌아섰어도

2880분 뒤에는 다시 만나야 했다.

서로 등을 돌리고 있더라도

어쨌든 한 공간에 머물면서,

이성을 잃고 집을 나간 정신이

제자리로 돌아와주길 기다렸다.

그러면서 혼자 버티는 시간을

함께 보내는 시간으로 바꿔나갔다.

몸이 먼저 앉으면 정신은 뒤따라온다.

어떤 사람의 성실한 근무 태도를

연애 방식에 대입해본다.

사랑과 이별의
미묘한 거리

내일은 헤어져야겠다

비도 눈도 드물어

겨울 가뭄으로 불렸던 그해.

여자는 영화를 보고 돌아오던 길에

무덤덤한 마음을 더듬으며 생각했다.

내일은 남자와 헤어져야겠다.

저녁은 뭘 먹었어?

어제 그 일은 잘 해결된 거야?

평소 하던 질문도

무의미하게 생각돼 묻지 않았다.

사랑은 상대에 대한 궁금증으로 시작하고

이별은 그 궁금증이 사라질 때 찾아온다.

아무 관심 없는 사람과

마주 앉아본 적이 있을 것이다.

그 짧은 시간이 얼마나 괴로운지,

실례를 무릅쓰고서라도

얼마나 얼른 자리를 뜨고 싶은지.

이별이 꼭 비극이라고 생각하지는 않았다.

여자가 생각하는 사랑의 목적은 결혼이 아니다.

그저 갈 때까지 가보는 것이다.

그렇기에 모든 순간이 삶의 과정이고

누구나 거치는 과정이라고 생각했다.

하지만 상대에게

상처가 될 수 있는 말을 하는 건 조심스럽고

본인 역시 괴로운 일이다.

창밖을 바라보며

어떻게 하면 잘 헤어질 것인가

궁리하고 있는 여자에게

남자가 나지막히 말했다.

"고마워. 미안해."

"뭐가?"

"그냥. 다."

"에이 씨."

"왜?"

"그럼 내가 뭐가 돼."

"응?"

여자와 남자는

오선지처럼 일정한 간격을 유지한 채

서 있었다.

처음 만났을 때는

그 거리가 멀게 느껴져서 다가가고 싶었고

이제는 너무 가깝게 느껴져서

멀어지고 싶어졌다.

오선지의 간격은 처음부터 늘 그대로였지만.

반복이 지루해서 이별을 결심한 여자.

반복을 통해서 안정을 찾는 남자.

한 사람은 철벽을 쌓고 있었고

다른 한 사람은 철벽 위에 서 있었다.

여자는 다시 복잡해졌다.

그는 왜 하필 헤어지려고 마음먹었을 때

괜한 말로 어지럽히는 걸까?

'미안해'라는 말은 여자가 준비하고 있었는데…….

그래. 헤어지는 건,

내일 해야겠다.

이별을 생각하는 것이 미안한 마음은
사랑일까, 아닐까?

당신의 불행에 위로 대신 화를 낼 때

여자는 기차의 맨 마지막 칸에 서서
멀어져 가는 길을 지켜본 적이 있다.
점점 속도가 붙는 기차 때문에
철도의 레일이 마치 뜨개질을 하는 것처럼
2개로 보였다가 하나로 보였다가
엑스 자와 에스 자를 오가며 구불거렸다.

여자는 나란히 달리던 레일이

하나의 교차점에서 잠깐 만났다가

사선으로 길을 바꿔

다시 평행하는 모습을 보고 생각했다.

가까워졌다가 하나가 됐다가

다시 멀어지는 것이

꼭 뜨겁게 달궈졌다가 식어가는

연인과 같다고.

가깝게 지내다 보면 나로 사는 시간보다

너로 살게 되는 시간이 늘어난다.

우리가 되고 소중한 사람이 되면

그 누구보다도 상대에게 감정 이입을 하게 된다.

남자가 길에서 돈이라도 주웠다고 하면

누구보다 신나서

'이따가 햄버거 사 먹어야지' 하고

내 마음대로 결정한다.

반대로 남자가 휴대폰이나

지갑을 잃어버렸다고 하면

당사자보다 더 크게 한숨을 짓는다.

급기야 실수를 큰 잘못처럼 여기고

꾸짖거나 나무라며 못마땅하게 여긴다.

가만히 참고 있던 남자가 여자에게 말했다.

"이럴 때는 화를 내는 게 아니라

위로를 해주는 게 맞아."

아이스버킷을 한 것처럼

여자는 정신이 번쩍 들었다.

언제부터 나는 칭찬 아니면

실수를 다그치는 사람이 됐을까?

'이게 권태기일까?

우리 사이에도 휴식이 필요할까?'

그 무렵 남자와 여자는

하던 일이 잘 풀리지 않았다.

마음만 바쁘고 잠은 부족했으며

몸은 아팠다.

통화 횟수도 줄어들었다.

하루에 두어 번?

문자 메시지에 'ㅇㅇ' 동그라미가 무성하고

'ㅋㅋ' 자음보다는 'ㅜㅜ' 모음이 늘었다.

두 사람 사이에 웃음이 사라지고 있었다.

어쩌다 만나도 대화의 내용은

생존 확인에 불과했다.

'밥 먹었어?' '바빴어?' '내일도 바빠?'

두 사람 사이에 정서적 대화가 없었다.

몇 가지의 질문마저도 귀찮아서

휴대폰을 보고 있거나 자리를 피했다.

텃밭에서 토마토 키우기에

도전하는 사람은 많지만,

의외로 열매 맺는 게 쉽지 않다고 한다.

키를 가늠해서 지지대를 세워줘야 하고,

열매 맺는 데 온 에너지를 몰아주기 위해서는

뻗어나가는 곁가지도

부지런히 제거해줘야 한다.

자주 들여다보지 않으면

한순간에 엉망이 돼버린다고 한다.

용케 살아남는다고 해도

가지는 무게를 견디지 못하고

채 익지 않은 열매를 땅으로 떨어뜨리고 만다.

무너지지 않기 위해서는

꾸준한 관심과 사랑을 줘야 한다.

남자는 여자의 얼굴을 보면 항상 대두라고 놀렸다.

여자의 머리가 커서 자신의 얼굴을 포개면

마치 개기일식처럼 하나로 보일 것이라고 했다.

누가 달이고 누가 태양일까?

농담인가 놀림인가?

남자에게 처음 호감을 갖게 됐을 때

여자는 비슷한 생각을 했다.

여자와 남자는 각각 우주에서 떠돌던

무수한 행성에 불과했다.

그러던 어느 날, 남자의 행성이

여자에게로 날아와 부딪쳤다.

궤도를 이탈하고 여자의 세계는 뒤집어졌다.

땅이 흔들리고 나무의 뿌리가 뽑혀나가고

지붕이 날아갔다.

남자의 행성은 여자의 모든 걸
흔들 만큼 강력했다.
연애라는 것은 어떨 때보면
위험천만한 모험처럼 보인다.
그래서 주변에서는
정신을 똑바로 차리라고 조언한다.
그러나 혼돈이, 일생일대의 충돌이
그렇게 나쁜 것만도 아니다.
많이 흔들리고 있다는 건
그만큼 내가 중심을 잡기 위해
노력하고 있다는 반증이며,
균형을 잘 잡기 위해서
엄청난 기지를 발휘하고 있다는 증거다.

최근 여자의 마음에 들어온 글이 있다.
'햇살 좋을 때 그림자가 없으면
그건 사람이 아니고 귀신이여.'
괴로울 때마다
문장을 입안에 넣어두고 살살 굴려본다.

잎이 큰 나무일수록 그림자가 넓게 퍼지는 것처럼

사는 것도, 사랑하는 것도 비슷하지 않을까.

그러니까 햇살 아래 있을 때는

열정적으로 살고,

그늘 아래 있을 때는

움츠려 있기보다는 정성스럽게 살면 좋겠다.

실수했다고, 물건 좀 잃어버렸다고 해서

내 인생이 가라앉는 건 아니다.

너도 나도 죽을 때까지 완벽할 일은 없을 것이다.

삶에서 완벽을 목표로 할 수 없고 해서도 안 된다.

그건 파국에 이르는 길이니까.

세상에 완벽한 사랑이 어디 있겠는가.

완벽하지 않은 날에도

우리는 실망하지 말아야 한다.

편지처럼 끝까지 쓰지 못한

고등학교 3학년 때,

남자가 사는 시골 작은 마을에는

오토바이를 타고 꼬불꼬불 들길 산길을 다니는

우체부 아저씨가 계셨다.

파란 대문 앞에 서서 "편지요!" 하면

남자는 재빠르게 뛰쳐나갔다.

여자가 보낸 편지라는 걸

알고 있었기 때문이다.

여자에게서 처음 편지를 받은 건,

토요일 오전 수업을 마치고

집으로 가는 버스를 기다리고 있을 때였다.

교복을 입은 여학생이 별말 없이

편지 한 통만 주고 돌아서서 서둘러 갔다.

당황스러워서 뭐라고 한마디도 못한 채

여학생의 뒷모습을 멍하게 바라만 봤다.

버스 안에서 봉투를 열어 보았다.

정성스럽게 써내려간 다섯 장의 편지였다.

안녕?

나는 너랑 같은 고등학교 3학년, H야.

중학교 앨범에서 너희 집 주소를 알게 됐어.

며칠 전에 봤을 때,

너의 웃음과 미소가 나의 심장을 멈추게 했어.

너도 알 거야.

내 친구가 너랑 중학교 동창이거든.

그래서 부탁을 했어.

너를 친구로서 더 알고 싶다고.

무작정 편지를 써서 미안해.

하지만 어쩐지 네가 나의 첫사랑인 것만 같아서

용기를 내봤어.

지금은 대학 입시를 위해서 공부를 해야 하지만,

나는 너한테 편지를 써야지 오히려

공부가 더 잘 되는 것 같아.

나만의 욕심이라면 정말 미안해.

심장이 그대로 멈출 것만 같았다.

공부도 못하고, 친구도 없고, 평범하고,

매력 없는 남자한테 과분한 편지였다.

이튿날,

남자는 짧은 답장을 써서 친구에게 전했다.

나를 좋게 봐줘서 너무 고마워.

우리 친한 친구 사이가 되자.

그 뒤로 두 사람은 터미널 근처 빵집에서

잠깐씩 만났다.

시골이라 입시 학원도 없었기 때문에

함께 공부하는 게 도움이 됐다.

가끔 버스를 놓치면

넓고 긴 시골길을 함께 걸어서 왔다.

"너는 이다음에 어떤 어른이 되고 싶니?"

"글쎄, 사랑하는 사람을 지켜줄 수 있는 어른?

하하하. 사랑을 지키지 못해서 다들 이별하니까.

그냥, 어른이 돼서도 너랑 같이 있었으면 좋겠어."

그날 밤, 머리 위로 쏟아지는

노란 별빛이 참 밝고 또렷했다.

그러던 어느 날,

남자는 같은 반 친구의 지갑에서

여자의 사진과 삐삐 번호를 보게 됐다.

"H라는 친구인데,

요새 나랑 자주 연락하는 사이야. 애가 참 괜찮더라."

남자는 순간 아무 말도 하지 못했다.

'나한테 했던 것처럼

이 친구한테도 편지를 보낸 걸까?'

이튿날, 남자는 여자와 만나기로 했지만

약속 장소에 나가지 않았다.

여자에게 계속 연락이 왔지만,

공부를 핑계로 만남을 피했다.

여자의 얼굴을 마주할 용기가 없었다.

남자가 대학에 들어갔을 때,

여자가 재수한다는 소식을 들었다.

그 뒤 스무 살 성인이 됐을 때

두 사람은 부산 어느 카페에서 만났다.

다 지나간 고3 시절의 풋풋한 추억을 나눴지만

끝내 남자는 친구 지갑 속에서

여자의 사진을 봤다는 이야기는 하지 못했다.

연필로 꾹꾹 눌러썼던 그녀의 편지,

어느 서랍 속에 들어있을까?

꼭 헤어져야 하는 이유

~~~~~~~~~~~~~~~~~~~~~~~~~~~~~~

며칠 전 여자의 휴대폰으로 톡 알림이 울렸다.

- 혹시 생각나니?
너 만날 때마다 내가 들고 갔던 꽃들.
오늘 시내에 잠깐 볼일이 있어서
길을 지나는데,
그 꽃집이 아직도 거기에 있더라.
가끔 지날 때마다 네 생각이 났는데,
오늘도 그런 날이어서 네게 문자한다.

여자는 문자를 받고 순간 멍했다.
'그때 항상 들렀던 꽃집이 있었던 건가.
그저 오다가 보이는 꽃집에 들러
사왔던 것이 아니었나.'

대학교에 막 입학했던 여자는
한 손에 전공 서적을 안고 캠퍼스를 거닐며
설레는 대학 생활을 시작했다.
대부분이 여학생인 간호학과였지만
미팅하는 과로는 나름 인기가 있었다.
그날도 다른 학교 전기학과에서 들어온
단체 미팅이 있었다.
여자에게 미팅을 주선했던 친구가 말했다.
"그날 미팅에 나올 사람 중에
정말 괜찮은 사람이 있는데,
내가 너랑 꼭 연결해주고 싶어서
주선자한테도 미리 말 다 해놨어.
그렇게 알고,
너도 꼭 빠지지 말고 참석해! 알았지?"

그리고 친구의 바람대로

두 사람은 커플이 됐다.

여자는 처음으로 남자의 손을 잡아보았다.

어찌나 떨리던지, 잡고 있는 손 하나에

모든 신경이 집중됐다.

그의 작은 손 움직임도 미세하게 느껴졌다.

그러다 손에 땀이 나면

떨리는 마음을 들켜버린 거 같아서

정말 부끄러웠다.

여자의 집 앞에 도착하면

여자는 "오빠, 혼자 돌아가기 그럴 텐데

내가 저기 골목 입구까지라도 함께 갈게요"

하며 다시 돌아 나왔고,

남자는 "밤길에 여자 혼자 위험하다.

내가 다시 집까지 바래다줄게"

하며 여자의 집으로 다시 향했다.

그렇게 두 사람은 남자가 군대 가는 날까지

매일 만나다시피 했다.

남자가 여자를 만나러 올 때는
항상 손에 꽃이 들려있었다.
때로는 예쁜 핑크색 장미 한 송이가,
때로는 하얀 안개꽃이 가득했다.
여자의 방에는 꽃이 마를 날이 없었다.
남자가 여자에게 꽃을 선물하는 일은
길가에 꽃이 가득한 따스한 봄날에도,
햇볕 쨍쨍했던 여름날에도,
스산한 바람이 불던 가을날에도,
꽃을 든 손이 꽁꽁 얼 것만 같은
겨울날에도 변함없었다.

여자는 남자가 만나러 오는 길에
아무 곳에서 눈에 보이는 꽃집에 들러서
꽃을 사오는 줄 알았다.
때로는 들고 다니기 불편해서
꽃 없이 그냥 왔으면 하고 바랐던 날들도 있었다.
그런데 얼마 전 남자에게서 온 문자를 보고
남자가 항상 들르던 꽃집이 있었다는 걸 알게 됐다.

꽃집은 20년이 지난 지금도

그 자리에 그대로 있고,

아직도 남자는 그 꽃집 앞을 지날 때마다

여자를 떠올렸던 것이다.

두 사람은 남자가 군대를 가고,

1년쯤 지났을 때 헤어졌다.

여자의 일방적인 이별 통보였다.

남자가 없는 빈자리를

다른 사람이 채워주고 있었다.

남자가 제대를 하고, 여자는 졸업을 하고,

남자도 졸업을 하고, 오랜 시간이 흘러서

남자가 만나고 싶다며 연락을 해왔다.

"나, 아무리 생각해도 너인 거 같아.

우리 다시 만나면 안 될까?"

헤어졌다 다시 만난 커플들의 결과가

대체로 어떤지 알았기에

여자는 고민했지만,

변함없는 남자의 마음에 다시 만났다.

하지만 한 해를 넘기지 못하고
두 사람은 다시 헤어졌다.

그때는 꼭 헤어져야만 했던
어떤 이유가 있었을 텐데,
지금은 그 이유가 무엇이었는지
기억나지 않는다.
가끔 SNS를 통해 물어오는 안부에도 괜찮았는데
며칠 전 받은 문자 때문에 여자는 마음이 흔들린다.
'우린 많이 달라졌는데,
그 꽃집은 변함없이 그 자리에 있더라.'
그때 꽃에 담아서 준 남자의 마음이
무척 고마웠다고 말하고 싶었지만
여자는 그저 '네ㅎㅎ'라고만 대답했다.

시간이 지나면 이렇게 잊힐 문제였는데,
왜 그때는 견디지 못했을까?

그저
타이밍이
안
맞았을
뿐인데

두 사람의 첫 만남은 4년 전 겨울 뉴욕,

첫눈이 내리기 전날이었다.

한국에 살면서

영어를 배우고 싶었던 여자는

뉴욕에서 그림을 그리는 남자와

메신저로 더듬더듬 대화하며

일상을 공유하고

서로를 조금씩 알아갔다.

여자가 뉴욕에 가야겠다고 결심한 건

영화 〈비긴 어게인〉을 보고 나서였다.

영화의 배경을 직접

보고 싶다는 생각도 있었지만,

남자가 거기에 있었기에 감히 용기를 낼 수 있었다.

10시간이 넘는 비행이었지만,

남자를 만날 생각에 잠을 이루지 못했다.

여자는 뉴욕에 도착하자

타임스퀘어 전광판으로 향했다.

그곳은 남자와 여자가 만나기로 한 약속 장소였다.

여자는 그를 한눈에 알아볼 수 있었다.

남자는 여자가 제일 가보고 싶어 했던

센트럴 파크에 데려갔다.

산책을 하고 하늘을 올려다봤다.

남자는 본인이 좋아하는 미술관도 소개해줬다.

예쁜 야경을 볼 수 있는 브루클린 다리부터

차이나타운, 리틀 이태리……

남자는 여자가 뉴욕에 머무는 동안

이곳저곳을 구경시켜주고

함께 맛있는 음식도 먹었다.

어느새 여자에게 주어진

일주일의 휴가가 끝나갔다.

마지막 날 밤,

커다란 트리 장식이 있는 공원 아이스 링크에서

스케이트를 타며 두 사람은 손을 잡았다.

기념품 가게를 돌아다니면서도 남자는

여자의 손을 놓지 않았다.

늦은 저녁, 남자가 여자의 숙소 앞에서

한참을 망설이다 말했다.

"한국에 조심히 돌아가. 많이 보고 싶을 거야."

남자는 여자를 오랫동안 안아주었다.

여자는 새벽까지 마지막 메시지를

뭐라고 보낼까 고민하며 침대에서 뒤척였다.

비행기를 타기 직전에서야 마음을 전했다.

남자가 읽지 못할 한국말이었다.

– 너를 좋아해.

좋은 기억 만들어줘서 고마워.

잊지 못할 거야.

남자는 어떤 답장도, 연락도 하지 않았다.

여자가 한국에 도착하고 며칠이 지났을 때

남자에게서 연락이 왔다.

여자가 한국으로 돌아가던 날,

할머니가 하늘나라로 가셔서

급하게 일본에 다녀왔다고 했다.

그녀는 한국에서, 그는 미국에서

계속 연락을 이어갔지만

연락은 점점 뜸해졌고

두 사람은 차츰 멀어졌다.

그리고 다음 해, 여자는 남자에게

여자 친구가 생겼다는 사실을 알게 됐다.

남자를 보내줘야 한다고 생각했다.

그런데 며칠 전,

쿠바 여행을 마치고 캐나다에 머물고 있을 때

뉴욕에서 남자의 전시회가 열린다는 소식을

SNS를 통해 알게 됐다.

여자는 한걸음에 달려가

남자의 작품을 보고 싶었다.

만나서 축하해주고 싶었다.

비행시간을 알아보고

여행 계획을 수정해나갔다.

하지만 쿠바 여행 기록이 있으면

미국에 입국할 수 없다는 말에

결국 여자는 남자에게 갈 수가 없었다.

다 잊은 줄 알았는데,

아직도 여자는 남자가 너무 보고 싶다.

사랑은 타이밍이다.
때로는 누구의 잘못도 아닌
타이밍 때문에 인연이 어긋나기도 한다.

평생 이해할 수 없는 마음

여자를 처음 본 건 1994년 겨울,
동숭동의 어느 카페였다.
후배의 부탁으로 마지못해 나간
소개팅 자리였다.
겨울비가 부슬부슬 내리는데 나타난
여자의 모습은 청바지에 운동화,
단발머리와 속쌍꺼풀.
신선하고 아름다웠다.

여자는 환한 조명 때문인지

한참 동안 고개를 들지 않았다.

남자가 먼저 조심스럽게 입을 열었다.

"저, 점심 드셨어요?"

두 사람은 커피가 식어가고 바닥이 다 마를 때까지

한참을 더 이야기 나눈 뒤에야 자리에서 일어섰다.

"이제 우리 뭐 할까요?"

여자가 대답했다.

"아무거나 좋아요."

두 사람은 같이 걷고 있었지만

다른 연인들처럼 손을 잡거나

팔짱을 끼고 다니지 않았다.

일정한 간격을 유지하면서

조금은 어색한 걸음걸이로 걸었다.

호프집에서 맥주를 마시며 대화를 이어갔고,

여자는 마음속 깊은 곳에 있는 이야기까지 꺼냈다.

진심을 말하고 있다는 것을 느낄 수 있었다.

두 사람은 자정이 다 돼서야 맥줏집에서 나왔다.

낮에 내리던 비는 그쳤고

대신 차가운 바람이 불었다.

차가운 바람에 여자의 머리가 너풀거렸다.

한참 동안 말이 없이 걷던 여자가

남자를 가만히 불렀다.

"오빠는 세상이 아름답게 보이세요?"

여자는 어린 아이처럼

남자의 얼굴을 빤히 쳐다보며 물었다.

"글쎄, 힘들 때도 있지만,

그래도 한 번쯤 살아볼 만한 것 같은데."

교과서적인 대답일지 모르겠지만

솔직한 생각을 그대로 말했다.

"아니요, 저는 그렇게 생각하지 않아요."

차가운 바람 때문인지

여자의 코끝이 빨개져 있었다.

여자는 조금 알기 어려운 사람 같았다.

하지만 남자는 그래서 좋았다.

그래서 여자의 이야기를 들어주고 싶고,

뭐든 다 해주고 싶었다.

12월의 한가운데,

크리스마스와 하얀 눈, 풍족한 연말 풍경.

하지만 남자는 연일 계속되는 야근 때문에

여자를 만날 수가 없었다.

어렵게 다시 만난 날,

평평 쏟아지는 함박눈을 맞으며 카페에 도착했다.

남자는 눈을 털며 자리에 앉았다.

"밖에 눈 많이 와요?"

"응. 평평. 나가서 같이 볼래?"

"아니요. 이 책 드리려고…… 전화했어요."

여자가 놓고 간 책에는 이별의 편지가 담겨있었다.

가끔은 세상이 아름답게 비춰지는 게 두려워요.

믿고 있었던 것에 실망했을 때

두려움이 너무 크거든요.

만나지 않았으면 해요. 미안해요.

여자는 해석하기 어려운 책 같았다.

노력해도 닿을 수 없는 지점이 있다는 것을 깨달았다.

헤어지고 2개월 뒤,

친구의 회사 근처에 갔다가

우연히 여자를 보게 됐다.

처음으로 꽃을 사서 여자에게 줬다.

그날도 두 사람은 많은 이야기를 했고

오랜 시간을 같이 있었지만,

여자와 남자 사이에는 알 수 없는 벽이 있었다.

여자에게는 남자가 헤아릴 수 없는

커다란 상처가 있었다.

그리고 10년이 지났다.

여자를 소개시켜줬던 후배를

퇴근길 지하철역에서 만났다.

후배는 한참 동안 망설이다가

여자의 안부를 조심스럽게 전해줬다.

두 사람이 만났던 그해 겨울,

여자는 부모님의 이혼과 갑작스런 사고로

동생을 잃었다.

큰 충격을 받은 나머지

회사를 그만두고 지방으로 내려갔다고 했다.

남자의 가슴에 쿵 하고

뭔가 내려앉는 기분이 들었다.

며칠 전, 출장을 마치고 돌아오던 길에

여자가 살던 동네를 지나갔다.

상일동에서 천호 대교까지

여자와 함께 걸었던 추억이 떠올랐다.

누군가를 맹목적으로 좋아했던 것도 처음이었고,

사랑인지 집착인지

정체 모를 감정을 느끼게 해주었던 것도,

사랑은 소유가 아니라 공유라는 것을

알게 해줬던 것도 여자였다.

어느 하늘 아래 있든지

행복하게 잘 살기를 진심으로 바란다.

타인의 마음은 해독할 수 없는 암호와 같아서,

풀려고 노력하지 않으면 이해할 수 없다.

사실은 붙잡아달라는 말

~~~~~~~~~~~~~~~~~~~~~~~~~~~~

대학을 졸업하고 신입 생활을 한 지 반년,
기다리던 여름휴가가 찾아왔다.
남자는 그동안 쌓인 스트레스도 풀고
마음 정리도 할 만한 곳이 없을까 고민 끝에
애니메이션 〈원령 공주〉의 배경이 됐던
한 섬에 갔다.
1년 내내 초록 비가 내린다는 그곳은
천 년이 넘은 삼나무와
푸른 이끼로 뒤덮여있었다.

7, 8월의 후텁지근한 날씨 탓인지

뿌연 안개가 자욱하게 깔린 비 때문인지

기대와 달리 실망이 컸다.

'뭐야, 특별한 곳도 아니네.

관광객들도 거의 없고.

혼자라도 즐겁게 보내다 가야겠다.'

혼자 간단한 배낭 하나를 메고

가이드를 따라나서는 길,

걷다 보니 습한 날씨에 금방 숨이 차고

주변 경관 따위는 눈에 보이지 않았다.

그때 한 동양인 여자가 눈에 들어왔다.

외국어로 인사를 건네자 여자가 배시시 웃었다.

"저 한국 사람인데요?

그쪽도, 맞으시죠?"

"아, 네. 그런데 한국인은

우리 둘뿐인 거 같네요?"

"그러게요. 저도 생각한 거랑

좀 달라서 난감하네요.

실례지만 일행 분이랑 오셨어요?"

"아니요. 혼자인데요. 왜요?"

"저 그러면…… 저랑 같이 트래킹 하실래요?
사실 좀 지루하기도 하고 겁나기도 해서요."

하지만 두 사람의 여행은 순조롭지 않았다.
함께 관광지를 찾아다니려고 했으나
여행 기간 내내 내리던 빗줄기가 굵어져
결국 두 사람은 관광을 포기했다.
남자와 여자는 숙소에서 더위도 식힐 겸
가벼운 맥주 한잔을 했다.
두 사람은 서로에 대한 정보를 교환했다.
여자는 제주도가 고향이고
지금도 그곳에서 직장 생활을 하고 있었다.
타국에서, 사람의 발길조차 뜸한 이곳에서
한국 사람을 만나니 반가워서일까.
남자는 여자에 대한 호감이 커져갔다.

셋째 날,
두 사람은 다시 트래킹을 시작했다.

얼마나 올랐을까,

"여기가 윌슨 그루터기예요.

위를 보면 하늘이 보이잖아요.

무슨 모양으로 보여요?"

"글쎄요. 저도 이미 검색해봐서 알긴 한데…….

하트처럼 보이네요."

그 뒤에는 아쉽게도 서로의 일정이 달라서

두 사람은 연락처만 교환하고 헤어지게 됐다.

여행이 끝난 후 일주일쯤 지났을까?

여자에게서 메시지가 왔다.

- 저 기억하세요? 부산에 출장을 왔는데,

시간되시면 볼 수 있을까요?

한여름, 남자는 바닷바람이 부는 포장마차에서

용기를 내고 싶었다.

"이상하게 생각하지 마세요.

그쪽이랑 조금 더 친해지고 싶은데, 괜찮을까요?"

"그렇게 생각해주셔서 고맙긴 한데요.

부산에서 제주도까지,

장거리 연애 가능하시겠어요?"

"네, 저는 자신 있어요."

그렇게 두 사람은 부산과 제주도를 오가는

장거리 커플이 됐고,

매주 금요일 저녁만 되면

남자는 여자를 만날 생각에 들떠있었다.

한 번씩 번갈아가며 금요일 비행기를 탔고,

짧지만 행복한 주말을 보냈다.

그리고 반년의 시간이 흐른 어느 늦은 밤,

여자로부터 전화가 왔다.

"궁금해서 그래.

우리가 결혼하면 오빠는 제주도에서 살 수 있어?

이기적인 것 같긴 한데……,

사실 엄마가 장애가 있으셔.

최근에는 아빠도 몸이 안 좋으셔서

건강 검진을 받았더니

몇 년 동안 투병 생활을 해야 한다고 해.

두렵기도 하고 마음이 심란해.

오빠 생각은 어때?"

당연히 이해할 수 있고 또 자신 있다고 말했지만,

남자는 곧 현실의 벽에 부딪치고 말았다.

어머니가 강력하게 반대를 했다.

"넌 장남이면서 엄마 아빠 생각은 안 하니?

어떻게 우리랑 상의도 없이 네 맘대로 결정을 해?

그럴 거면 네 맘대로 살아.

지금까지 해온 걸 전부 포기하고

타지에 가서 다시 시작한다는 게 어디 쉬운 줄 알아?

널 위해서 하는 말이니까 다시 생각해봐!"

고민하던 남자의 표정을 읽었는지

여자는 제주도로 돌아가며 말했다.

"오빠 힘들지? 힘들게 해서 미안해."

"아니야. 시간이 지나면

부모님도 이해하고 인정하실 거야."

"아참, 나 그리고 한동안은 부산에 못 올 것 같아.

아버지 수술이 잡혔거든.

내가 연락할 테니까 그때까지만 기다려줘."

하지만 그 뒤,

여자는 더 이상 남자에게 연락하지 않았다.

남자는 당장 휴가를 내고 제주도로 향했다.

하지만 이미 여자는 가족들과

요양을 위해서 떠난 뒤였다.

한마디 상의도 없이 떠난 게 야속하면서도

그 무거운 짐을 혼자 졌을 여자 생각을 하니까

미안함이 밀려왔다.

할 수 있는 건 약속대로

여자의 연락을 기다리는 것뿐이었다.

한 달, 반년,

그리고 2년을 기다렸지만

여자에게서는 연락이 오지 않았다.

그리고 이제 남자는

다른 사람을 사랑하고 있다.

최근, 여자의 소식을 들었다.

제주도에 다시 내려왔다고 한다.

예고도 없이 찾아왔다가

갑자기 그쳐버린 장맛비처럼 다가왔던 그녀.

이제는 부디 그 무거운 짐을 내려놓고

행복했으면 좋겠다.

가끔 생각한다.

기다려달라는 그 말이 어쩌면

먼저 손 내밀어달라는 의미가 아니었을까.

혼자 남아 시간은 이미 다 지나고,

~~~~~~~~~~~~~~~~~~~~~~~~

여자는 일본인이다.

한국에는 아버지 직장을 따라

중학교 때 들어왔다.

일본을 오가다 대학교에서 남자를 만났다.

두 사람은 캠퍼스 커플이었다.

철도 없고 돈도 부족했지만 결혼부터 했다.

하지만 한국에서 여자는

일본인이 아닌 일본 '놈'에 가까웠다.

"스즈코,

사람들이 스즈코가 미워서 그러는 건

절대 아니야. 다들 상처가 많아서 그래.

이해하지?"

여자는 낯선 땅에 살면서

문화도 살아온 과정도 달라서 오해를 많이 받았다.

하지만 남자의 지극한 사랑으로

어려운 시집살이를 이어가며 아들과 딸을 낳았다.

가난했지만 이게 행복이구나,

싶은 순간도 느끼며 살았다.

"스즈코, 나하고 사니까 좋아?"

"그럼요."

"뭐가 좋은데?"

"당신 닮은 딸, 나 닮은 아들이 있으니까 좋지요."

"어휴, 매력 없어."

"내가 제일 좋아하는 남자랑 한집에서 사니까 좋지요.

당신 없었으면 내가 이 땅에서 어떻게 살았겠어요."

여자는 남자와 42년을 살았다.

그중 10년 7개월을

남자가 누워있는 병원에서 보냈다.

사업을 하던 남자가 갑자기

뇌출혈로 쓰러지면서

여자는 아는 사람 하나 없는

대구에서 병간호를 했다.

한겨울처럼 시리고 추운 날들이었다.

어떻게든 살려보겠다고 노력한 세월이 10년이다.

한 사람만 바라보며 살다 보니

언제 그렇게 시간이 무심하게 흘러갔는지

느낄 새가 없었다.

죽 찢겨나간 책처럼

여자의 젊은 날도 통째로 사라진 기분이었다.

돌아보면 고된 시집살이도 행복했고,

사니 안 사니 하며 다투었던 시간도 참 소중했다.

남자의 회사가 부도나서

전전긍긍했던 어려운 시절도,

식물인간이 된 남자를 돌보던 시간마저도 고맙다.

그래도 그때는 남자가 여자 곁에 있었으니까.

지금은 보고 싶어도 볼 수 없고

만지고 싶어도 만질 수가 없다.

남자와 처음 만났던 이십 대로 돌아가

다시 한 번 사랑하게 된다면

정말 잘 할 수 있을 것 같은데…….

"여보, 당신이 떠난 지 한 달이 채 되지 않았어요.

햇살이 좋으니까, 당신이 더 보고 싶네요.

당신도 내가 그리워요?"

이미 시간은 다 지나가버리고

여자는 이렇게 혼자 남아있다.

이별도 다 괜찮다 사랑도,

"한 며칠 숨어있을 곳 없을까요?"
"죄지었어요?"
"네, 일을 망쳤어요."
"그럼, 제주도 약천사에 들어가세요."
일로 인연을 맺었지만 대학 친구처럼
막역하게 지내는 동료가 추천해준 곳,
제주도 서귀포에 있는 '약천사'에 들어갔다.
4박 5일 휴식형 템플 스테이였다.

안내를 받아 들어간 곳은 작은 단칸방.

단출하게 욕실이 달려있었고

사방이 나무로 둘러싸여있었다.

신발을 벗고 들어가면

커다란 유리 창문이 한 벽면을 차지하고 있다.

드르륵 하고 유리문을 여니까

서귀포 앞바다가 멀리서

앞서거니 뒤서거니 놀고 있었다.

창문을 다시 닫았다.

'빵빵' 하는 신경질적인 자동차 경적 소리 대신

'쏴아' 하고 밀려드는 바람 소리가

창문을 약하게 두드렸다.

아무리 좋아도 낯선 곳에서,

특히 혼자 지내는 밤은 무섭다.

한밤중에 놀라지 않도록

파도에 귀를 기울이며 친근해지도록 노력했다.

방 안의 벽 역시 황토색 나무로

어린 시절 할머니 댁에나 가면 볼 수 있는,

도시에서는 보기 힘든 인테리어였다.

시멘트에 하얀 벽지를 좋아한 적은 없지만,

이런 예스러운 풍경은 상상력을 자극한다.

밤이 되면 나무도 살아서 움직일 것만 같다.

나무는 사람처럼 사회적 존재라고 한다.

아픔을 느끼고, 지난 일을 기억할 수 있으며,

자식을 돌보며 함께 생활한다.

서로 긴밀하게 결합돼있기에

심지어 한쪽이 죽으면 따라 죽기도 한단다.

금슬 좋았던 부부 새가 함께 세상을 떠나듯이.

깨끗한 바닥 위에는 책을 올려놓을 수 있는

작은 나무 탁자와 텔레비전,

서랍장 2개가 있고, 장롱 안에는

두툼하게 부풀어있는 이불과 베개가 있다.

그 사이에서 식지 않은 체온이 느껴졌다.

누군가 머물다 간 흔적이었다.

이 사람은 무슨 일 때문에 왔을까?

어디서 왔을까?

괴로워서 왔을까?

잠깐 머리를 식히고 싶어서 왔을까?

방 안의 물건과 가구는

대부분 낡았지만 정갈했고

순한 기운을 갖고 있었다.

머무는 동안 입어야 하는 참가복까지 받고 나니

불자는 아니지만

어떤 불심이 생겨나는 것만 같았다.

같은 옷을 입고, 같은 방에서 자고,

같은 것을 먹고, 우리는 모두 같은 사람들이었다.

늦게 샤워를 마치고 기초 화장을 하면서

방에 거울이 없다는 사실을 알게 됐다.

거울을 보려면

현관에 벗어 놓은 운동화를

디딤돌처럼 퐁당 잠깐 밟았다가

왼쪽 문을 열고 욕실까지 가야했다.

거울 없는 방이 다소 불편하고 어색했지만,

답답하기보다는 오히려 편안했다.

불현듯 마주친 거울 속 모습에

소스라치게 놀란 적이 많았기 때문이다.

그러고 보니 서울 집에도 거울은
작은 방에 놓인 전신 거울뿐이었다.

언젠가 지하철을 타고 가는데
남자가 물었다.
"거울 잘 안 보지?"
"응. 어떻게 알았어?
모니터를 더 많이 보는데!
다 알아. 내가 어떻게 생겼는지."
"그런 사람들이 있더라고.
너 윗입술에 립스틱이 반만 묻어있어."
여자는 살짝 당황했지만 굴하지 않았다.
"요새 이게 유행이야."
"유행이라고?"
"그렇다니까. 이분, 참 나."
이어지는 대화 속에서
여자는 혼자 곰곰이 생각했다.
나올 때 거울을 보고 나왔나?
그는 자신을 만나러 나오면서

거울도 안 본 여자를
무심하다고 생각할까?
분명히 연애 초기에는 지금보다
더 자주 거울을 들여다보았던 것 같다.
거울 속에서 담긴 나를,
거울 속 밖에 있는 그를 떠올렸다.

어떤 책에 이런 글이 있다.
그림을 그릴 때
어둠을 제대로 표현하려면
벗어나는 것이 아니라
더 어둡게, 강하고 짙게 표현해야 한다고.
그림의 한 표현이지만
어둠이 짙다는 것은 삶의 일부분이 아닐까
하는 생각이 들었다.
일도 연애도 제대로 풀리지 않아서
이 먼 제주도까지 들어왔지만
오히려 떠나온 곳에 대해 더 많이
고민하는 시간이 됐다.

사랑받지 못한 이유를 굳이 찾기보다는

사랑해야 할 이유를 생각할 시간이다.

사랑은 좋은 것이다.

이별도 좋은 것이다.

나쁜 것은 그저 나쁘다고 여기는 생각뿐이다.

안 된다고 말하지 말고

다 괜찮다고 말해주라고,

거울 없는 방이 말해주고 있다.

완전히
삭제하시겠습니까?

휴대폰 바꾸는 걸 무척 꺼려한다.

2년 약정이 끝나도 계속 사용하기도 한다.

새 걸 반기지 않는 사람도 있다.

액정이 사탕수수처럼 산산조각 나면

봉투에 그대로 담아서 전문가에게 달려간다.

몇 번 응급조치를 취해준 전문가를 두고

나는 의사 선생 대하듯 '액정 전문의'라고 부른다.

밤이나 낮이나 심지어 샤워할 때도

끼고 사는 휴대폰에 이상이 생기면

몸에 병이 생긴 것 같은 기분이다.

이런 불편한 점을 고쳐주시니

당연히 은인이자 의사가 아니던가.

휴대폰 교체를 꺼려하는 건

비용의 문제도 있지만,

수시로 저장해놓은 콘텐츠를 옮기는 데

부담을 느껴서도 그렇다.

이삿짐 때문에 이사가 꺼려지는 것처럼.

그동안 쌓인 추억 때문에

쉽게 이별하지 못하는 것처럼.

귀찮음을 넘어서 두려움까지 느낄 때도 있다.

지금도 서툴지만

'동기화' 같은 단어에 익숙하지 않을 때

중요한 인터뷰 녹음을 몽땅 날린 적이 있었다.

주로 사용하던 컴퓨터 대신

노트북을 카페에 들고 나왔다가

'어, 동기화나 해볼까' 하고

아무 생각 없이 일을 저질렀다.

인터뷰를 하기 위해서 섭외를 하고

약속을 잡아 장소로 이동해서

대략 1시간 넘게 공을 들였던,

피 같은 내 인생의 어느 하루를

채 1분도 되지 않아서 고스란히 날린 것.

그래서 '업그레이드'나 '포맷' 같은 단어만 들어도

귓불에 체온이 내려가는 서늘한 기분이 든다.

한 번은 검색 속도가 느린

내 스마트폰을 보고 후배가

"언니 날 잡고 한번 싹 밀어버리세요" 하는데,

담낭 안에 있는 콩알만 한 결석이 부풀어서

흉곽을 뚫고 나올 것처럼 뻐근해졌다.

나는 나를 안다.

털털하고 틈이 많다.

그래서 다 저장해뒀다고 생각해도

꼭 1~2개는 놓치고 만다.

후배 말대로 싹 밀어버렸다가

영영 사라지는 게 있으면 어쩌지?

대충 놓치고 살아도 좋지만

모르는 사이에 사라지는 게 있을까 봐

두려운 겁쟁이다.

휴대폰에 담긴 연락처는

메일 주소록과 태블릿 피시에도

중복으로 저장돼있다.

지금 확인해보니 710개의 연락처가 저장돼있다.

즐겨찾기에 저장된 목록은 3개뿐이며,

자주 통화하는 사람도 열 명에 불과하다.

나머지 700개는 1년에 한 번

버튼을 누를까 말까 한 남의 번호다.

휴일 아침에 일어나 처음부터 끝까지

연락처의 목록을 살펴볼 때가 있다.

개중에는 번호가 바뀐 사람도 있고,

주인은 떠나고 전화번호만 남은 경우도 적지 않다.

전자의 경우에는 삭제를 하고

후자의 경우는 그대로 둔다.

삭제하지 못하는 연락처가 있으면

자신을 보호하기 위해서 삭제하는 번호도 있다.

전 남자 친구들의 전화번호다.

갑자기 궁금한 구 남친이 있어서

습관적으로 전화번호 목록을 검색했다.

흥미로운 건, 구 남친들의 연락처가

1개도 없었다는 것이다.

'기억을 믿지 말고 기록을 믿으라'는

명언에 따라 나는 메모를 열심히 한다.

메일에도 넣어두고 메모장에도 쓴다.

검색만 하면 휴대폰에 다 뜬다.

그래서 과거 남자들의 이름과 연락처도

남아있을 거라고 생각했다.

하지만 전혀 없었다.

대부분 잊지 않기 위해서 애쓰는 내가

잊고 싶어서 무진장 애를 썼다는 증거였다.

어린 나는 자제력도 없고 참을성도 없고

그들의 말 한마디에 구질구질하게 끌려 다녔다.

피하고 싶었지만 손가락은 감정을 읽지 못한다.

제멋대로 움직였다.

머리로는 안 된다고 하지만

어느새 전화번호가 눌러져 있고,

그에게 전화를 걸어 울고불고 난리를 피웠다.

손가락을 자를 수도 없고,

내가 나를 통제하는 방법은

전화번호를 삭제하는 것뿐이었다.

아직도 나는 감정을 잘 다스리지 못한다.

그래서 여전히

불편하게 하는 문자가 있으면 삭제한다.

마음 한편에서 '미련둥이' 세포가 말한다.

'에이, 그렇다고 굳이 삭제할 필요까지 있어?'

그러자 옆에 있는 '쿨' 세포가 대꾸한다.

'에이, 용량 차지하게 뭘 갖고 있어.

나이 드니까 가벼운 게 좋더라.'

연락처 하나 삭제했을 뿐인데

마음에서도 멀어진 기분이 든다.

사랑에 대해
알아요?

사랑에 관한 책을 쓰게 될 것 같다고 말하자

지인이 물었다.

"사랑에 대해 알아요?"

그는 언제나 답변이 곤란한

핵심을 묻는 사람이다.

"몰라서, 잘 몰라서 해보려구요."

썩 매력적이지 않은 대답이었지만,

솔직하다는 점에서 점수를 만회한다.

그리고 어쩐지 큰 모험이

앞에 놓인 것 같아서 흥분됐다.

경험주의자가 되겠다고 십 대 후반에 결심하고

여행과 사랑에 열심히 목을 맸다.

연애는 실수로 배우고

사랑은 텔레비전으로 배웠다.

이 나이에 근원적인 것을 모르는 게 당연했다.

무조건 부딪치고 싶었다.

연애에 관한 책은 기술을 알려줄 뿐,

실력을 키워주지는 못했다.

얼마 전에도 나는 한 남자를 떠나보냈으니까.

소개로 만났던 그 사람이

첫 만남에서 나이를 물었다.

"서른둘이요."

"어? 그것밖에 안 먹었어요?"

"왜요?"

"무슨 띠인데요? 이상한데."

말문이 막혔다. 생각 없이 말했구나.

지금 내 나이가 몇이지?

나이 먹는 게 창피해서가 아니라

정말 그 뒤로 계산하지 않아서 그렇다.

서른둘까지만 나이를 셌던 건, 그때부터

나이 소개를 하지 않아도 되는 자리에 있었고

새로운 사랑과 먼 거리에 있었기 때문이었다.

친구의 생일 파티에 지인과 동석했다.

그 자리에는 어린 커플도 있었다.

그는 커플에게 물었다.

"연애해서 좋은 점이 뭐예요?"

남자가 두 가지를 대답했다.

"일단 몸이 건강해졌어요.

그리고 제 얼굴이 점점 잘생겨지고 있어요."

스무 살 청년의 담백한 대답이 어쩐지,

사랑의 핵심을 담고 있는 것 같다.

덕분에 삶이 윤택해지고,

몸과 마음이 안녕한 상태가 되도록 도와주는 것.

이것이 사랑이지.

'사랑해'는 '건강해'랑 많이 닮아있다고 생각했다.

책상 앞에 앉아서 의자를 빙 돌리며

다시 질문을 되새김질한다.

"사랑에 대해서 알아요?"

아니요. 아직도 잘 모르겠네요.

짐작만 할 수 있을 뿐,

상황을 표현할 수 있을 뿐,

어쩌면 끝내 시원한 대답을 얻지 못할

항해일 수도 있을 것 같아요.

하지만 사랑이라는 것에 대해서 여전히 궁금해 하고

질문하고 공부하고 애쓰는

내가 좀 괜찮아 보이지 않나요?

당신은 나보다 더 오래 살았으니까

때때로 내가 물어보면 열심히 대답해주시구려.

아직도 술자리의 주제가 사랑이라서,

참 반갑다.

모르면 모르는 대로, 알면 아는 대로.

KI신서 8739

혼자도 괜찮지만 오늘은 너와 같이

1판 1쇄 인쇄 2019년 10월 15일
1판 1쇄 발행 2019년 10월 28일

지은이 나승현
펴낸이 김영곤 펴낸곳 (주)북이십일 21세기북스
출판사업본부장 정지은
실용출판팀 이지연 조유진
디자인 elephantswimming
출판영업팀 한충희 김수현 최명열 윤승환
마케팅2팀 배상현 김윤희 이현진
제작팀 이영민 권경민

출판등록 2000년 5월 6일 제406-2003-061호
주소 (10881) 경기도 파주시 회동길 201(문발동)
대표전화 031-955-2100 팩스 031-955-2151 이메일 book21@book21.co.kr

(주)북이십일 경계를 허무는 콘텐츠 리더
21세기북스 채널에서 도서 정보와 다양한 영상자료, 이벤트를 만나세요!
장강명, 요조가 진행하는 팟캐스트 말랑한 책 수다 <책, 이게 뭐라고>
페이스북 facebook.com/jiinpill21   포스트 post.naver.com/21c_editors
인스타그램 instagram.com/jiinpill21   홈페이지 www.book21.com
유튜브 www.youtube.com/book21pub

서울대 가지 않아도 들을 수 있는 명강의! <서가명강>
네이버 오디오클립, 팟빵, 팟캐스트에서 '서가명강'을 검색해보세요!

© 나승현, 2019

ISBN 978-89-509-8395-6(03810)